Tres sombreros de copa

Letras Hispánicas

Miguel Mihura

Tres sombreros de copa

Edición de Jorge Rodríguez Padrón

VIGÉSIMOPRIMERA EDICIÓN

CATEDRA

LETRAS HISPANICAS

Ilustración de cubierta: Jorge Rodríguez Padrón

© Herederos de Miguel Mihura
Ediciones Cátedra, S. A., 1996
Juan Ignacio Luca de Tena, 15. 28027 Madrid
Depósito legal: M. 15.753-1996
ISBN: 84-376-0179-7
Printed in Spain
Impreso en Gráficas Rógar, S. A.
Navalcarnero (Madrid)

Índice

Introducción

Miguel Mihura

Una vida en el teatro

Aunque siempre manifestó su deseo de afrontar la vida con absoluta libertad, sin otra preocupación que hacer cuanto de verdad le viniese en gana; aunque siempre confesara que se dedicó a la literatura y al teatro por no saber hacer otra cosa, o por ganarse la vida lo más cómodamente posible, Miguel Mihura es un claro ejemplo de las contradicciones vividas por el hombre y el escritor en una época confusa, crítica y dolorosa, a partes iguales, de la vida y el teatro españoles. Y siempre me ha parecido un singular escritor, y un atractivo personaje, que ha hecho de su obra (sin propósitos de grave solemnidad) un trasunto fiel de aquellas peripecias entre sentimentales y absurdas, entre graves y grotescas, que a lo largo de su agitada vida conoció y encaró con la seguridad y el aplomo, el agudo juicio y el peculiar escepticismo, que definen su actitud humana y artística, sólo en apariencia evasiva y despreocupada.

Nacido en Madrid en 1905, el 21 de julio, Mihura contaba al comenzar la guerra civil treinta y un años; había vivido una experiencia humana muy singular y, sobre todo, lo definía una personalidad más que característica. «No pertenece a ningún grupo o movimiento teatral —afirma José Monleón—. Es un francotirador situado entre Jardiel Poncela y una generación que tratará inútilmente de imitarle. Le divierten las ocurrencias y disparates de Muñoz Seca o García Álvarez, pero quizá porque son maestros del rito

11

teatral, porque saben practicar el juego profesional»[1]. Pero el teatro supone en la vida de Mihura algo más que una simple dedicación literaria. Como veremos en seguida (y aunque él trate de disimularlo, aunque quiera rebelarse contra su influencia), el teatro marcará las etapas decisivas de su existencia, el teatro lo perseguirá hasta los más apartados rincones de su vida, donde intentó —siempre en vano— refugiarse, renunciando una y otra vez, tercamente, a algo que por derecho propio, casi me atrevería a decir que por fatalismo, le correspondía.

Hijo de un actor muy celebrado en la primera década del siglo, y aplaudidísimo a la sazón en el teatro Apolo de Madrid, «interpretando el Pototito, del sainete de los Quintero, *La mala sombra,* y Pepe el tranquilo, de *El pobre Valbuena,* de Arniches y García Alvarez (...) un actor popular y muy querido por el público madrileño». Y como hijo de actor, partícipe directo de todo aquel mundo de proyectos, de ilusiones, de discusiones y rencillas, que eran caballo de batalla de todas las conversaciones familiares. «A los cinco años, mi padre me llevaba algunas tardes a su camerino del teatro, y el olor a cosméticos, a polvos y pinturas, y el espejo rodeado de lámparas potentísimas, y las pelucas colgadas en la pared, y los trajes de grandes cuadros, y las sortijas enormes de latón, eran para mí algo asombroso, que me fascinaba y hacía feliz.» Mihura, pues, vive desde su niñez una bohemia intuida, un mundo extraño, incómodo a veces, no siempre maravilloso, pero con un irresistible atractivo, mitad ilusionada, mitad real y palpable aventura. Por eso, su bachillerato en el colegio de San Isidoro debió ser una especie de red en la que cayera temporalmente el joven hombrecito del teatro, y a lo que únicamente alude como recuerdo lejano, cuando decide no estudiar la carrera que en

---

[1] José Monleón, «La libertad de Miguel Mihura», en *Miguel Mihura. Teatro,* Madrid, Taurus, 1965, pág. 43.

12

casa le tienen destinada; cuando empieza ilusionado a estudiar piano, para dejarlo casi inmediatamente, incapaz de soportar el mecanismo del solfeo, «el llevar el compás con la manita y cantar ese do-re-mi-fa-sol tan tonto»; cuando decide probar suerte con los idiomas y el dibujo, «por estudiar algo»; pero sobre todo cuando, en 1921, su padre, retirado como actor, lo coloca en la contaduría del teatro Rey Alfonso, donde era gerente a las órdenes del empresario Losada. Es el teatro que vuelve; es otra vez la entrañable diversión, la perdida libertad que se recobra. Allí empieza a conocer, con más penetración, a autores y actores; se familiariza con ensayos y estrenos, con lecturas y representaciones. Allí conoce a Enrique García Álvarez («el autor que yo más he admirado en mi juventud, el más desorbitado, el menos burgués, quizá el maestro de los que después empezamos a cultivar lo disparatado»); a Carlos Arniches, a Muñoz Seca... Participa como jurado en un concurso de noveles; lee casi todo el teatro francés de la época; vive las giras por provincias, las incomodidades de las pensiones y hoteles baratos, las efímeras glorias de un teatro que se debate entre la monotonía y la necesidad de encontrar nuevos caminos; un teatro que malvive, de espaldas a las más significativas llamadas de atención que Unamuno o Valle Inclán, Azorín o Gómez de la Serna, García Lorca o Jardiel Poncela, o el propio Mihura, se arriesgan sucesivamente a proponer.

En esta época lo aprende todo del teatro. Ninguna faceta del mismo, por superflua que pudiera parecer, escapa a su desmedida curiosidad. «Lo único que no aprendí —confiesa—, porque no me interesaba aprenderlo, fue a escribir comedias (...) ¿Y por qué no escribe usted para el teatro? Su padre es empresario de dos compañías, le estrenará enseguida cualquier cosa que haga —me decían esos críticos que se encuentra uno en todas partes, creyendo que el teatro es cosa de juego o de influencias.» Porque Mihura fue comprendiendo desde entonces, y se convertirá en una de sus firmes convenciones, que el teatro es una labor demasiado seria, nada frívola. El teatro le infundirá siempre un grandísimo respeto, y de ahí su constante disyuntiva entre seguir o dejarlo; al menos, hasta que de verdad encuentre algo que valga la pena expresar. Mihura reconoce en el teatro un medio de expresión libre, condicionado únicamente por la obligación de servir, por encima de todo, al público. Al menos, se esfuerza siempre por identificarse con ese público, a pesar de las constantes dificultades e incomprensiones. Comienza con un teatro rompedor y nuevo y se plantea, más tarde, la necesidad de hacer ese determinado tipo de comedias, más *complacientes,* dicen algunos, que tanto le han censurado, y que —sin embargo— no dejan de ser perfectamente coherentes con su trayectoria. Esta confusión, este descubrir lo voluble que es el juicio del público (y hasta las posiciones de la crítica), produce repetidos periodos de silencio, y el abandono temporal de su actividad como dramaturgo. A la muerte de su padre, olvida todo aquel mundo que tanto le había ilusionado, que tanto le atrajo, y se dedica a colaborar, como lo venía haciendo ya ocasionalmente, en periódicos y revistas de la época. Desde 1923 dibuja historietas en *La Voz, El Sol, Ya;* más tarde, y bajo los pseudónimos de Miguel Santos y El conde Pepe, sus artículos y dibujos aparecerán en algunas publicaciones humorísticas («unas cuantas revistas ''galantes''... que la policía retiraba a cada momento»): *Buen humor, Gutiérrez, Cosquillas* y *Muchas gracias.*

E inesperadamente, el teatro que vuelve. Su fama como autor cómico pronto fue conocida. Alady, en su compañía de revistas, le había estrenado un couplé, y es el mismo Alady el que le propone escribir en colaboracion un libreto para un espectáculo que quiere estrenar en Lérida. Pero todo ha de hacerse en brevísimo plazo. Las horas del viaje en tren hasta la capital catalana deben ser suficientes. El espectáculo se estrena con éxito en varias ciudades. La cosa marcha. Pero, en San Sebastián, se ven en la necesidad de cambiar de espectáculo. Mihura, por entonces enamorado de una bailarina, tiene muy poco tiempo libre, no puede cumplir el compromiso en el plazo convenido y se vuelve a Madrid. De esta época recuerda Joaquín Calvo Sotelo que fue «la etapa más feliz de su existencia»:

> ...cuando en la compañía de Alady... subió a la estación del Mediodía a un tren renqueante... en unión de la domadora de serpientes a las que hacían asomar las bífidas lenguas entre los barrotes de la jaula apenas el revisor pretendía cobrar los suplementos de velocidad; de las seis chicas del ballet vienés a las que Miguel gozaba, ya por orden alfabético, ya siguiendo la gama del iris de sus ojos, desde el negro profundo al azul desvaído, hasta que se dio en exclusiva temporal a la más tentadora; y del ilusionista preñado de conejos forzado a alimentarlos más abundantemente de lo que los exiguos contratos le permitían alimentarse a él mismo. Deslumbrado Miguel a la temblorosa luz del vagón por aquellos seres sobre los que desparramaba su mirada acuosa y pálida, por lo que había en ellos de exotismo, de aventura, de fuga alegre a un horizonte prometedor, conoce —tenía veintitrés años apenas cumplidos— la plena y volandera felicidad[2].

La vuelta a Madrid es también una vuelta a la alternativa del periodismo, a las colaboraciones humorísticas que, en esta ocasión se amplían y complementan con el trabajo cinematográfico: los diálogos de algunas películas («Una de fieras», «Una de miedo», «La hija del penal»); el trabajo en los laboratorios de doblaje CEA... Por entonces, bajo el título común de *El señor cara de pato,* publica una serie de relatos en *Ya.* Pero el fantasma del teatro no lo abandona. Y como siempre vuelve a tropezarse con él

    [2] Joaquín Calvo Sotelo, «Luto por Miguel Mihura», *Los domingos de ABC,* Madrid, 11 diciembre 1977.

por casualidad, forzado por las circunstancias. Esta vez, una coxalgia de cadera exige una intervención quirúrgica y una larga convalecencia de tres años en su hotelito de Chamartín. «Entre pócima y pócima, entre ejercicio y ejercicio de recuperación»[3], madura la idea de una nueva pieza teatral. Con los recuerdos del accidentado viaje con la compañía de Alady, se alimentan las escenas de lo que más tarde será *Tres sombreros de copa,* comedia que termina el 10 de noviembre de 1932[4]. La historia de las peripecias de esta primera obra teatral de Mihura merecen párrafo aparte. Con adelantar que no se estrenará hasta veinte años después de haberla escrito, se puede colegir que las cosas no fueron precisamente bien a nuestro autor en ésta su primera tentativa seria de escribir teatro.

Mihura empezó por leerla a algunos humoristas, compañeros de redacción de *Gutiérrez,* a quienes pareció «una función bastante mona y bastante extraña, pero... irrepresentable»; se la entregó a Valeriano León, a quien «no sólo no le gustó nada, sino que le pareció la obra de un demente». José Juan Cadenas, empresario a la sazón del teatro Alcázar, confesó al leerla: «La obra me gusta. Pero es tan extraordinariamente nueva en su forma y en su procedimiento que si la estrenase en mi teatro podrían ocurrir dos cosas: o que tuviese un gran éxito, o que el público quemase las butacas.» La pieza iba de puerta en puerta, pero por una razón u otra, la cautela de los empresarios y compañías evitaba que tuviese acomodo en las funciones al uso. Don Eduardo Marquina, que conoce por entonces la obra, convence a Mihura para que la entregue a la compañía de Pepita Díaz y Manolo Collado, los cuales reconocen en ella una obra de humor completamente nuevo, por

---

[3] *Idem.*
[4] *Vid.* introducción de Emilio de Miguel a *Tres sombreros de copa,* Madrid, Narcea, 1978.

lo que se hacía preciso esperar un poco antes de estrenarla; se necesitaba «preparar al público para que la sepa ver». Años más tarde, confesará Mihura: «A mí no me entendía nadie y, sin embargo, yo entendía a todos. Y mi manera de hablar me parecía perfectamente comprensible.» Pero no se resolvió así el asunto.

A Mihura le sorprende el comienzo de la guerra civil en Madrid. Los días inmediatos al 18 de julio sale para Valencia y logra pasar a Francia, y de allí a San Sebastián. Una vez instalado en la capital donostiarra, y ya en marcha *La ametralladora,* lee la obra a sus amigos («Tono», Miquelarena, Edgar Neville, Conchita Montes, Romley y Álvaro de la Iglesia, aún niño); ellos le aconsejan que la entregue a la compañía de Isabel Garcés y Arturo Serrano que, al parecer, se muestran decididos a estrenarla. Pero que si es más oportuno Santander que San Sebastián, que si es mejor Zaragoza; que si en el Madrid recién liberado..., la obra seguía desconocida para el público. La reflexión del autor después de tantos avatares es, por sí sola, elocuente: «...esta obra, escrita en el año 32, y cuyo humor les parecía nuevo y peligroso, a mí, ya en el año 39, me resultaba infantil, bobalicón, pasado de moda y al alcance de cualquier fortuna.»

Pero, en medio de tanta dificultad, en medio de tanta contradicción, Mihura no ha abandonado su labor periodística. Entre 1936 y 1939 funda y dirige, precisamente en San Sebastián, una revista de humor, *La ametralladora,* que inicia, en cierto modo, esa peculiar óptica humorística que, años más tarde, será característica de *La Codorniz.* Un humor que, recogiendo el lado absurdo y aparentemente ilógico de las situaciones cotidianas, pone en cuestión, quizá sin proponérselo, muchos lugares comunes, ridículos y grotescos, que al hombre le es dado vivir. Un humor que nació libre «para quitarle importancia a las cosas; para tomarle el pelo a la gente que veía la vida demasiado en serio; para acabar con los cascarrabias;

para reírse del tópico y del lugar común; para inventar un mundo nuevo, irreal y fantástico y hacer que la gente olvidase el mundo incómodo y desagradable que vivía», como escribe en la Primera Carta a Álvaro de la Iglesia, con motivo del cambio de orientación que se dio a *La Codorniz,* cuando Mihura dejó su dirección. Un humor, como se puede apreciar, sin compromisos dogmáticos, sin servilismos ideológicos, abiertamente situado frente a todo aquello que, a fuer de repetirse engoladamente, demasiado normativamente (el do-re-mi-fa-sol de sus clases de piano), se vaciaba de sentido.

La entrega de Mihura al teatro ha sido también muy contradictoria. Hombre de teatro como quiera que se le mire, y a pesar de esos largos periodos de silencio, se ve indefectiblemente obligado a volver. Sin embargo, siempre había una condición tácita que él mismo se imponía: que la obra tuviese «un destino inmediato, o un porvenir económico potable o [estar asociado]... a algún compromiso adquirido por alguna presión amistosa», puesto que «nunca me he propuesto nada al escribir, aparte de ganarme la vida». En una palabra, para Mihura escribir era una especie de sucesiva desilusión, a partir de aquella primera tentativa hecha, como él mismo dice, «no con vocación, sino con amor»[5]. Así que, en vista de los acontecimientos, Mihura vuelve al teatro. Piensa en una comedia posible, de distinto corte, que pueda tener mejor aceptación que la anterior, y en colaboración con Joaquín Calvo Sotelo, en el café Raga de San Sebastián, empieza a escribir, ilusionado, la que será más tarde la primera obra suya que suba a un escenario: *¡Viva lo imposible! o El contable de estrellas*. Se estrenó en el teatro Cómico de Madrid la noche del 24 de noviembre de 1939. No consigue llamar la atención del público, y después de sólo

---

[5] *Vid*. Introducción de Miguel Mihura a *Tres sombreros de copa y Maribel y la extraña familia*, Madrid, Clásicos Castalia, 1977.

treinta representaciones, «murió de frío y quedó allí sepultada para siempre». Mihura parece entonces decidido a zanjar cualquier compromiso —incluso sentimental— que tuviese con el teatro. Se aparta casi por completo de él y vuelve a la aventura del cine. Con «Tono» había escrito una obra —también en el café Raga de San Sebastián—, y Benito Perojo les promete hacer una película con aquel guión. Se trata de *Ni pobre ni rico, sino todo lo contrario*. Pero la película no llegó a realizarse y el compromiso con Perojo queda en simple papel mojado. Ello hace que los dos humoristas rompan, por su cuenta y riesgo, la palabra dada y decidan estrenar su texto en el teatro. Es el año 1942 y la pieza no se estrenará hasta el año siguiente. Rechazada por Arturo Serrano, Somoza y Tirso Escudero, será Luis Escobar el que se decida a estrenarla, en el teatro María Guerrero. El estreno no pasó desapercibido. A Mihura le seguía la discordia. O lo que es más cierto, Mihura trataba de romper con la perezosa costumbre de nuestros escenarios; se había convertido (sin estrenar) en uno de esos escritores *difíciles* que, contra viento y marea, van dando fe de vida en sus obras[6]. Un escritor verdaderamente libre, sin compromisos, sin escuela ni grupo, que estaba haciendo el teatro que quería hacer. «El autor teatral, a mi juicio —confesará más tarde—, no está obligado a tener ninguna función determinada dentro de la sociedad. El autor teatral es todo lo contrario de un funcionario. Mi obra no responde a ningún compromiso social, porque yo, artísticamente, estoy libre

---

[6] «El humor de Mihura nacía —y en eso se parecía al de Jardiel— como un rechazo del tópico o del lugar común. A Mihura le encantaba reírse del falso orden de las cosas, mostrar su ambigüedad en una óptica que no desdeñaba cierto patetismo emocional (...) Mihura, en definitiva, se enfrentaba a una sociedad española que podía destruírle (...) De ahí que todo su teatro haya sido después una especie de ten con ten, un intento por salvarse a sí mismo, a través de todo tipo de concesiones.» (José Monleón, *Treinta años de teatro de la derecha*, Barcelona, Tusquets, 1971.)

de toda clase de compromisos. Si he elegido esta profesión de comediógrafo, —como hubiera podido elegir la de escultor, pintor, músico o acuarelista— es porque en ella puedo expresarme literariamente, como artista, *sin tener que darle cuentas a nadie*»[7].

¿Qué pasó con *Ni pobre ni rico, sino todo lo contrario*? Pues que se estrenó con éxito y con escándalo; con éxito, con escándalo y con polémica. La crítica se dividió muy pronto en los consabidos extremos a que tan proclive se muestra. Para unos, sus autores eran idiotas; para otros, listísimos. Los espectadores también tomaron partido. «Durante las primeras representaciones —comenta con ironía Mihura—, había señoras gordas que empezaban a patear en el palco, indignadas; otras, más delgadas, que, en pie, aplaudían.»

Por el año 1941 ya había cumplido su primer vuelo *La Codorniz,* revista que fundara y dirigiera el propio Miguel Mihura. En seguida, se mezcló toda aquella polémica con la revista en cuestión. El humor de *La Codorniz* estaba de moda y los críticos y comentaristas tomaban como punto de partida y referencia obligada para hablar de la nueva comedia de Mihura y «Tono» las andanzas del por entonces joven semanario de humor. «Este confusionismo —declara no sin tristeza el autor—, este creerse que se había aprovechado una moda, un éxito periodístico para ganar dinero en el teatro, me ponía nervioso. Mi respeto al teatro y mi labor de muchos años antes me impedía estar contento con aquel éxito de circunstancias.» y Mihura vuelve a dejar la labor teatral. Quiere esperar que pase toda aquella barahúnda, que la gente deje de pensar en que todo lo que haga, o pueda hacer, tiene que relacionarse forzosamente con *La Codorniz.*

Pero, en 1945, «necesitaba hacer algo urgentemente para ganar unas pesetas», y piensa en un

---

[7] Miguel Mihura, «Mesa redonda: autores», *Cuadernos para el diálogo,* Madrid, 1966, III Extra, págs. 47-48.

boceto de comedia que había iniciado hacía poco tiempo. De él va a salir *El caso de la mujer asesinadita* que, en colaboración con Álvaro de la Iglesia, se acaba de escribir en veinte días y se estrena, después de varias correcciones aconsejadas por los empresarios y compañías a las que se ofreció la obra, el 20 de febrero de 1946. Por entonces ya había dejado Mihura *La Cordoniz*. Confesará después a Juan Guerrero Zamora[8] que «estaba cansado de tanta tontería». «Entonces los señores Godó, Pradera y Pombo me hicieron una proposición para comprarme los derechos de propiedad, a condición de que yo siguiera colaborando y dirigiera. Dije que no, e impuse como director a Álvaro de la Iglesia. Y sólo quedé obligado a supervisar la revista durante un año, a colaborar en ella a razón de cuatro páginas semanales y a comprometerme a no lanzar otra revista que hiciese la competencia a *La Codorniz*.» Fue esta circunstancia, la polémica con Álvaro de la Iglesia por el cambio de intencionalidad que había dado a la revista, sus trabajos periodísticos, su cansancio al ir de un lado para otro, de compañía en compañía y de empresario en empresario, esperando un estreno que no llegaba o que, cuando llegaba, no era comprendido adecuadamente, lo que hace que el nombre de Mihura quede temporalmente olvidado para el teatro.

En 1951, tras intentar de nuevo sus habituales alternativas, Mihura decide volver al teatro definitivamente, «para vivir de él en serio, sin ocuparme de otras cosas. Y para vivir, además, bien, del mismo modo que había vivido bien con mis anteriores ocupaciones...». Esta decisión despejará todas las dudas anteriores: se entregará a las exigencias del público que, como reconocerá más de una vez, sólo pretende pasar un buen rato. Una entrega que exigirá, además, el abandono de los sentimientos y afectos que había

---

[8] Juan Guerrero Zamora, *Historia del teatro contemporáneo*, Barcelona, Juan Flors, 1961, tomo III, pág. 178.

dejado en aquel primer teatro suyo, verdadero y espontáneo («aquel estilo era el mío propio y yo sabía muy bien que no estaba influido por nadie») y que lo impulsa a «tratar de fingir ese amor y esos sentimientos. Engañar. Mentir. No entregarse. Emplear otros procedimientos más fáciles, más burdos, más falsos para complacer al cliente». Mihura se entrega a esta tarea conscientemente, no traiciona nada, porque a nada se había comprometido. El compromiso le fue impuesto después por una generación que vio en el desenfado de sus comedias iniciales una espita por donde penetrar críticamente en una sociedad estancada. Él lo había intentado todo, pero su esfuerzo no se vio nunca recompensado, no ya con el éxito, sino ni siquiera con la comprensión. Su claudicación —tan censurada— no ha sido sino una etapa más en su esfuerzo por encontrar un lugar en ese teatro que tanto amó, y que tanto negó. Que luego tal complacencia se interpretara como un conformismo culpable por la crítica más avanzada, no deja de ser anecdótico. El compromiso de Mihura (y lo ha dejado siempre bien claro) ha sido consigo mismo, y a él se ha atenido, consciente de todos los riesgos.

Por eso, cuando en 1952, el TEU de Madrid, bajo la dirección de Gustavo Pérez Puig, decide poner en escena *Tres sombreros de copa* ha de vencer una durísima resistencia de parte del autor, quien no sólo ha olvidado la obra, sino que no desea ya estrenarla nunca. La habilidad y el entusiasmo de Pérez Puig fueron decisivos, y después de leer la obra, entusiasmado por el descubrimiento, se entrevista con Mihura, quien por tratarse de un grupo universitario, porque se daría en función única y, sobre todo, por la decisión, la sinceridad y el ímpetu que ponía en todo cuanto decía el por entonces director del TEU (son palabras del propio Mihura), acaba cediendo y da la correspondiente autorización. La sorpresa de Mihura se produjo cuando supo, el mismo día del estreno, que la función se daría en el Teatro Español; cuando ve el teatro lleno de público y cómo la crítica prestó inusitado interés al estreno; más aún, cuando comprueba cómo, al fin, alguien entendía la obra hasta el punto de quedar encantado «de cómo aquellos jóvenes actores interpretaban la comedia. Y de la forma en que estaba montada». Todo esto ocurría la noche del 24 de noviembre de 1952. Y tras el éxito, «como no esperaba nada de esto me quedé abrumado y derrumbado. Y con una alegría exterior que me era imposible disimular. Pero lo más extraño de todo, lo más dramático, es que me encontré viejo (...) este éxito me consagraba como autor, pero (...) había llegado demasiado tarde». Mihura ganaría ese año, y con esta obra, su primer Premio Nacional de Teatro, y *Tres sombreros de copa* quedó desde entonces como una de las obras integrantes de la trilogía fundamental en nuestro teatro de posguerra (aunque se escribiese cuatro años antes del comienzo de la contienda civil), junto a *Historia de una escalera,* de Buero Vallejo y *Escuadra hacia la muerte,* de Alfonso Sastre.

Ahora sí que Mihura se dedica exclusivamente a su trabajo como autor y director teatral. Casi todas sus comedias, de entonces en adelante, serán montadas y dirigidas por él mismo. Estrena ininterrumpidamente año por año. En 1956 obtiene de nuevo el Premio Nacional de Teatro con su obra *Mi adorado Juan,* en 1959 se concede a *Maribel y la extraña familia* el mismo galardón. En 1964 es *Ninette y un señor de Murcia* la que recibe el premio Calderón de la Barca[9].

Y de pronto, otro periodo de silencio. Mihura confesará que cuando, a partir del estreno de *Tres sombreros de copa,* se dedica por entero al teatro, comprende que «era un poco tarde. Tenía cuarenta y

[9] Otros premios concedidos a Miguel Mihura: Premio de la Crítica a *Ninette y un señor de Murcia* y *La decente,* que también merece el «Espinosa y Cortina», de la RAE, en 1967. *Ninette, modas de París* recibirá en 1966 el premio «Leopoldo Cano», de Valladolid.

siete años, estaba ya un poco cansado, un poco de vuelta de todo y ya había perdido muchas ilusiones. Sin embargo, ya seguí en esto del teatro. Hasta que ahora, últimamente, empecé a notar que escribía mecánicamente, que estaba un poco intoxicado de teatro, y que mientras escribía pensaba en otras cosas que no tenían nada que ver con lo que estaba haciendo. En fin, que lo que estaba haciendo me importaba un rábano (...) Y ahora sólo pienso escribir cuando tenga verdadera necesidad de decir algo. De contar algo que me divierta, que me apasione o que me emocione»[10].

Tímido, reacio a cualquier manifestación cara al público en la que se quiera reconocer su genio, ni siquiera que sea «un autor medianamente importante», como él mismo afirma, Mihura vivió los últimos años de su vida entre recuerdos y documentos de una existencia, a pesar de todo, entregada al teatro. El último estreno se produce en 1968. El 10 de septiembre se pone en escena, en el teatro de la Comedia de Madrid, *Sólo el amor y la luna traen fortuna* (aunque la última función del autor que sube a un escenario antes de su muerte será *La decente,* repuesta en el teatro Lara, en marzo de 1977). Y la última apuntación de su agenda rezaba: «El administrador de una casa tiene que echar a un inquilino por falta de pago.» Pudo haber sido otra comedia, si llega a superar «la pereza de tener que llenar de palabras, de tipos, de situaciones, de interés, de sorpresas, estas dos horas de un espectáculo...»[11].

Pero el exilio interior, compartido entre Madrid y Fuenterrabía, donde el autor pasaba últimamente largas temporadas, se ve perturbado (y el término, refiriéndonos a Mihura, es exacto) a fines de 1976, precisamente el 16 de diciembre, cuando es elegido para

---

[10] Julio Trenas, «Miguel Mihura o la pereza creadora», en *ABC*, Madrid, 13-5-70.
[11] *Vid.* nota anterior.

24

ocupar, como académico de número, el sillón K de la Real Academia Española de la Lengua, vacante desde la muerte del profesor Gili Gaya. No puede extrañarnos, conociendo su trayectoria vital y su ilusionada y constante huida hacia el sueño, la imaginación y la fantasía (sin restar un ápice del gozo creador que estos términos comportan), sabiendo de su irrenunciable compromiso con su libertad individual («Siempre he defendido el individualismo, la libertad del ser humano»), que mirara desconfiado y temeroso esa incorporación a la Academia. «¿Y qué voy a hacer yo en la Academia? —me preguntaba entre vergonzoso e inquieto—», escribe Joaquín Calvo Sotelo. Pero Mihura estaba dispuesto, pasado el primer trance, a preparar su discurso de ingreso, superando su cortedad. Incluso había pensado en el tema más adecuado: entre un intento de definición del humor o tratar ampliamente el tema de la inspiración, «que a juzgar por mis últimas conversaciones con él era el que le tentaba más —escribe Calvo Sotelo—, a saber, el cómo y el porqué de esa misteriosa cita de la inspiración y el artista». Nunca llegó a leerlo. Unos meses después, en agosto de 1977, cuando precisamente iniciaba ese trabajo en su retiro de Fuenterrabía («me contaba en la última de sus cartas —sigue el testimonio de Calvo Sotelo—: «Como te dije, empecé ya. Pero hace unos días lo leí otra vez, no me gustó nada y lo rompí. No me extraña. No tengo ánimo para nada»), su enfermedad se agrava y es trasladado urgentemente a Madrid. Internado en el Instituto de Ciencias Neurológicas, su familia decide trasladarlo a su domicilio cuando el proceso de su enfermedad se considera irreversible. Como era su deseo, muere en su casa de la calle General Pardiñas, 97 el 28 de octubre de 1977, a la diez de la mañana, tras un coma hepático. Sus restos, también por expreso deseo suyo, recibieron cristiana sepultura en San Sebastián, días después.

Faltaríamos a la verdad si no dijéramos que, a pesar de la intensa actividad desplegada por Mihura a

Mihura, entre el absurdo lógico
y la realidad existencial

Comprendo que es muy difícil, y arriesgado, explicar en unas pocas líneas las razones y sinrazones de la difícil aceptación del teatro de Mihura, primero por parte del público, luego por parte de la crítica, a pesar —como hemos dicho— de la fidelidad del autor para consigo mismo, que está fuera de toda duda. Y la dificultad se acentúa cuando, para conseguir arrojar alguna luz sobre todo este embrollo que supuso la primer etapa de Mihura como dramaturgo, hay que contar con el escollo fundamental de toda una larga disquisición que, naturalmente, no vamos a intentar aquí: el compromiso de las formas. Sí se hace preciso, sin embargo, una alusión, siquiera esquemática, para poder acceder con conocimiento de causa a las circunstancias en que se desenvuelve el teatro de Miguel Mihura, y para precisar su verdadera importancia.

Si tenemos en cuenta la dinámica del hecho teatral; si tenemos en cuenta que el teatro no es sólo texto, ni únicamente un montaje más o menos correcto; ni, en particular, la buena actuación de quienes dan vida a los personajes creados por el autor (que, ni siquiera, es la certera proposición literaria de un determinado texto), sino —y muy especialmente— la incidencia de todos esos elementos que configuran el hecho teatral en el público que asiste, en comunidad, a presenciar el espectáculo; un público que no es

27

mero espectador, sino que debe salir del teatro persuadido de ciertas cosas, que ha de sacar conclusiones válidas tras confrontar su realidad con las propuestas ofrecidas en escena, y que para ello los responsables del montaje deben explicitar adecuadamente ante el público tales implicaciones... Si tenemos en cuenta que sin esta mecánica el trabajo teatral no se logra plenamente; si convenimos en que el hecho teatral no puede quedar en el simple acontecimiento social que supone reunirse en una sala de espectáculos a ver qué nos dan, sin que nada de aquello llegue a implicarnos, es muy fácil entender que los primeros estrenos de Mihura (que iban por este camino), los más conflictivos dentro de un teatro complaciente y aburrido, produjeran, como se ha visto, enconadas controversias. Al menos, todo aquel «extraño» teatro que nuestro autor proponía se observaba con recelo, con prejuicios o con abiertas muestras de inconformismo, según los casos. Pero llegó un momento en que toda esta actitud cambia y, de la noche a la mañana, el teatro de Mihura no sólo es aceptado, sino que se reconoce como una de las aportaciones cardinales al teatro español contemporáneo. Nótese —y esto me parece fundamental— que es la generación de los años 50 (aquellos críticos y hombres de teatro niños durante la guerra civil), la que primero siente la necesidad de revisar el teatro de Mihura. El testimonio de José Monleón es, me parece, especialmente valioso: «A Mihura nos lo apropiamos una generación que, por ser posterior a la suya, entrábamos en la vida nacional sobre presupuestos y experiencias distintas» [13]. Se hace evidente, pues, que Mihura estaba haciendo, en los años 30, algo que, a pesar de parecerle absolutamente normal, estaba en abierta contradicción con el con-

---

[13] *Vid.* nota 1.

texto teatral en el que aparecía. Y precisamente el difícil escollo que Mihura no pudo salvar hasta el año 1952 fue el perezoso anquilosamiento de las formas; la abúlica monotonía de un teatro repetido y reiterativo; de un teatro de *lo sabido* (como dijera José María Pemán al referirse a los Quintero); de un teatro que imponía las leyes de su juego y ante el cual había que capitular, en detrimento incluso de la personalidad y la libertad creadoras.

Cuando se habla de teatro con una intención medianamente crítica, damos siempre en los mismos lugares comunes: el tópico de la crisis, las dificultades y limitaciones que han de salvar quienes pretendan dar una imagen no complaciente de la realidad, el problema de las formas... Es un fenómeno crítico el teatro, sin lugar a dudas. Y si nos circunscribimos al teatro contemporáneo resultará que esa crisis y esas dificultades son mucho más evidentes, puesto que todo él ha querido ser la expresión viva de la crisis permanente del hombre europeo de estos casi ochenta años... Pero cuando se habla de teatro español contemporáneo, llegamos a la misma conclusión: no sólo plantea aquellos problemas que son comunes al hecho teatral, sino que —además— es todo él imagen de un conflicto social nunca resuelto: el miedo de la sociedad y del hombre españoles a enfrentarse a su propia imagen, a su propia realidad. El divorcio existente entre la realidad española y la apariencia de esa realidad, que tan arraigado está en la historia contemporánea de nuestro país, coincide con el divorcio intencionado que se plantea entre la realidad española y la escena que presuntamente ha de reflejarla. Vale la pena —ya lo insinuaba más arriba— una ligera divagación al respecto, por cuanto (a pesar de lo repetido de estos conceptos) el teatro de Mihura debe sus logros y sus limitaciones a esa situación de anormalidad permanente, que parece ser *estado natural,* del teatro español, al menos hasta hace muy pocos años. Situación anómala que tiene sus orígenes (como es evidente) en un estado paralelo de la sociedad en la que dicho teatro se inscribe.

Desde que la generación del 98 se plantea el conflicto de la España contemporánea, descubrimos una constante histórica decisiva para entender los fenómenos culturales posteriores: la sociedad española que afronta el nacimiento del nuevo y turbulento siglo XX se esforzará siempre en sostener una imagen aparencial, una figuración exterior que obvia, voluntaria o interesadamente (a veces también por ignorancia), la crisis del mundo contemporáneo. Sencillamente, no se hace cuestión de ella, presumiendo que ocultándose a su influencia encontrará una solución válida. El teatro va a servir entonces para confirmar tales presupuestos. Y desde que no sucede así, desde que el teatro deja de ser repetición de *lo sabido,* desde que no se adecúa a las expectativas formales solicitadas; es decir, desde que no es reflejo de sí mismo, la sociedad rechaza ese teatro por arriesgado, por desfigurador de la *realidad.* Unamuno, a finales del siglo pasado, ya encaró abiertamente este problema y rechazó un teatro vuelto sobre sí mismo, un teatro *teatral;* y pedía dramas *desnudos* o *esqueléticos.* El teatro, arte colectivo por excelencia, y arte *religioso*[14] en su esencia, acusa directamente esta situación: se retira de la circulación habitual y trata de cuestionar insistentemente las alternativas pseudoteatrales que se quieren hacer pasar por teatro. Quizá la insistencia de nuestros mejores escritores (aunque no fuesen exclusivamente dramaturgos; o quizá precisamente por ello), desde Galdós a Lorca, desde los escritores del 98 a Jardiel o Mihura, se deba a esa necesidad cuestionadora de las apariencias celosamente guardadas. Y el teatro de Unamuno o de Valle-Inclán tendrá que cargar, por muchos años, yo

---

[14] Se utiliza el término *religioso* en su sentido etimológico de reencuentro con el origen, con el sentido de la existencia.

diría que por siempre, con el sambenito de ser irrepresentable, de su esencia exclusivamente *literaria*.
El teatro de Jacinto Grau o de Azorín no sólo será
desconocido, sino incomprendido; el teatro de Lorca
siempre planteará conflictos y dificultades sin número; el teatro de Mihura y Jardiel se volverá contra
sus propios autores...

Los mecanismos de rechazo generados por esta
sociedad que se presta a todos los sacrificios imagi-
nables para salvar sus apariencias (desde lo más ni-
mio a lo más trascendente) han operado regularmente
para que las obras de estos escritores apareciesen
como anormales. Da igual (al margen de la valoración
concreta de las obras de uno y otros) que sus planteamientos sean cuestionables, como de hecho sucede
en alguno de los casos citados, pero es que ni siquiera
se aceptan los términos de la discusión: ni ideológica
ni formalmente [15]. Por ello, el teatro difícil que propusieron Unamuno o Valle-Inclán, o García Lorca,
quedó arrumbado en las márgenes de lo erudito y lo
intelectual; por eso, el teatro que propusieron Jardiel
o Mihura, con ese desenfadado y sorprendente humor, tenía que chocar con el rigorismo formalista, a
todas luces negativo, por entonces dominante. Su
teatro no repetía *lo sabido,* sino que, precisamente, se
proponía cuestionar *lo sabido,* utilizando fórmulas
válidas, comprometiéndose única y exclusivamente
con su función como dramaturgos («... mi experiencia
me aconseja —escribe Mihura— que no se debe escribir pensando en un sector determinado. Ni de
mayoría ni de minoría. Hay que escribir lo que le
salga a uno, sin más preocupaciones. Esto, en arte, es
lo decente» [16]), entrando a saco en el lenguaje hasta
entonces vigente que, como intuía muy bien, enmas-

---

[15] Todavía Valle-Inclán, a pesar de haber sido repetidamente
representado, a la vista de los resultados, hemos de convenir que
sigue siendo un incomprendido en el teatro español.
[16] *Vid.* nota 5.

caraba la verdadera realidad. Por eso, como afirma Gonzalo Torrente Ballester, en el teatro de Mihura «lo que pasa es que se rompe con el sistema introduciendo el lenguaje y las actividades al desnudo (lo que se piensa y no se dice, normalmente). Se altera la apariencia de realidad, pero se mantiene la lógica» [17].

Porque no se trata de enzarzarse en conflictos intelectuales, o en un preciosismo conceptual (frente al fresco y espontáneo teatro de Lope de Rueda o Cervantes, el teatro de Lope de Vega organizó unos mecanismos de trascendencia y graveza —a pesar de su repetida prosapia popular— que desembocaron en «la gran inovación [que]... consiste en introducir al pueblo en la escena, haciéndole participar, en cierto modo y medida, en los valores de la capa superior y atrayéndole por ese camino a la defensa de los mismos; consiguientemente a la de una sociedad de la que se da por supuesto que únicamente en su régimen podrían darse aquéllos. Esa posible participación en valores superiores por parte de individuos de capas bajas, se afirma y se niega contradictoriamente en los versos de la comedia barroca, revelando así el carácter conflictivo de la cuestión» [18]), sino de alcanzar un lenguaje válido para dejar al descubierto el carácter evasivo de la sociedad que genera ese teatro. Domingo Pérez Minik, escribiendo sobre Mihura precisamente, puntualiza:

> Esta tensión entre el absurdo lógico y la realidad existencial es el vértice de apoyo de la nueva risa. Antes, en los tiempos del clasicismo y el naturalismo escénicos, la gente se reía por la caricatura exagerada de la realidad o por su minimización ridícula, o por el envaramiento automático frente a una realidad movible. Con *Ni pobre ni rico, sino todo lo contrario* el

---

[17] Gonzalo Torrente Ballester, *Teatro español contemporáneo*, Madrid, Guadarrama, 1957, págs. 439 y ss.

[18] José A. Maravall, *Teatro y literatura en la sociedad barroca*, Madrid, Seminarios y Ediciones, 1972, pág. 54.

humor brota de la satisfacción que el espectador experimenta ante la evidencia de una realidad que no se pudo sospechar nunca como tal. En el descubrimiento de la misma hemos de tener en cuenta su procedencia circense, la herencia de Charlot, la posición pueril y libre del personaje ante el mundo y hasta una cierta arbitrariedad lírica que es la que nos lleva a registrar su desnudez[19].

Esta cuestión, ampliamente tratada en todos los estudios sobre el teatro español contemporáneo, me ha servido, simplemente, de digresión orientadora para alcanzar a comprender con mayor exactitud la problemática de un lenguaje teatral que pugna por abrirse paso en medio de la rutina y la abulia. Advierto que Mihura no rompe nunca con su concepción llamémosla tradicional del teatro, como no lo hace tampoco con lo que podríamos llamar infraestructura del espectáculo teatral: sobre una construcción impecablemente convencional, Mihura deslizaba espontáneamente (con espontaneidad infantil, a veces irritante) una palabra que radicalizaba los términos y dejaba al descubierto esa realidad oculta bajo apariencias grandilocuentes, o vaciaba a éstas de todo su contenido. No nos extrañará, pues, que sus estrenos iniciales fuesen víctimas de tantos y tan extremados avatares: lo mismo en los frustrados intentos para

[19] Domingo Pérez Minik, *Teatro europeo contemporáneo*, Madrid, Guadarrama, 1961, págs. 452-426. Quisiera destacar cómo tanto Torrente Ballester (*vid.* nota 17), como ahora Pérez Minik utilizan el término *desnudez, al desnudo,* para caracterizar la ruptura teatral de Mihura. *Desnudez* era, precisamente lo que Unamuno reclamaba, a finales del siglo pasado, para liberar al teatro de su fárrago literario, de su excesivo formalismo y de su enmascarador ropaje escénico. Y por eso radicaliza su obra teatral hasta el punto de escribir esos dramas *esqueléticos* suyos, donde todo fuese sustancia dramática, voluntariamente desposeída de cualquier aditamento que desviara la atención de la verdad dramática. *Desnudez* que para Unamuno, además, devolvería el teatro a su raíz y entraña populares.

estrenar *Tres sombreros de copa,* como en aquella indiferencia con que fue recibida *¡Viva lo imposible!* o *El contable de estrellas,* o aquella polémica simplista, secuela del estreno de *Ni pobre ni rico, sino todo lo contrario,* o, en fin la alternativa humor codornicesco/excesiva seriedad con que fue observada *El caso de la mujer asesinadita...* No tenía ese teatro de los años 30 un criterio claro ante los acontecimientos. Ni tampoco capacidad de reacción ante un autor como Mihura que se había colado peligrosamente en el terreno de lo acomodaticio, y lo ponía todo patas arriba. Torrente Ballester, al referirse al carácter específico y perturbador del lenguaje de *Tres sombreros de copa,* advierte que Mihura descubre aspectos hasta entonces desdeñados por el arte, pero que encerraban un valor creativo indiscutible: «Uno de estos aspectos —la cotidianeidad—, en 1932, había sido objeto de un estudio filosófico trascendental, aunque todavía no popularizado; el otro —lo absurdo— constituía el descubrimiento de un novelista cuya fama no se había propagado. Pero resulta también cómico considerar a Heidegger y a Kafka como antecedentes de Mihura, y sin embargo lo son, aunque Mihura los desconociese. Lo son en cuanto descubridores de nuevos materiales; no lo son en cuanto la actitud estética y humana de Mihura es personal y original»[20]. Mihura asume, sin proponérselo, sin pedanterías tan reñidas con su manera de ser, su condición de hombre del siglo XX. Su perplejidad no deja de ser significativa cuando constata que nadie lo entiende, ni entonces ni cuando intenta ser entendido escribiendo aquello que cree le exige el público. De ahí la constante queja de nuestra crítica más consecuente, cuando reconoce en Mihura unos valores que no se continuaron y que podían haber dado al teatro español contemporáneo la posibilidad

---

[20] Gonzalo Torrente Ballester, *op. cit.,* pág. 441.

de asumir las directrices de lo que más tarde sería *vanguardia* en el teatro europeo. «El teatro de Mihura —escribe Ricardo Domenech— está muy lejos del teatro contemporáneo que se usa por el mundo. De acuerdo. Pero este reproche no hay que hacérselo a Mihura, sino a nuestra sociedad, puesto que (...) hace treinta años Mihura era un dramaturgo de vanguardia, y si la sociedad lo hubiera reconocido y animado, en la vanguardia se hubiera mantenido»[21].

---

[21] *Vid*. nota 17.

El humor como
sentimiento de lo contrario

La archirrepetida afirmación de Valle-Inclán, justificando su esperpento, de que sólo una estética sistemáticamente deformada puede dar fe del sentido trágico de la vida española, ha sido una de las posiciones más controvertidas en la moderna literatura española. Es altamente revelador ese desprecio suficiente con que suele mirarse todo intento de representación artística que no se acomode a los cánones o fórmulas establecidos; y es claramente sospechosa la pretendida seriedad en nombre de la cual, se suele menospreciar habitualmente todo arte o literatura que vulnere aquella imagen dada, a través de la deformación humorística. Sospechosa por cuanto deja inmediatamente al descubierto un sentimiento de autodefensa, crea una barrera que impide la penetración en los márgenes de *lo sabido,* y pretende hacer imposible cualquier análisis crítico. Dígase lo que se diga, e incluso reconociendo que el humor (sobre todo en el teatro) ha sido una suerte de coartada por medio de la cual el *stablishment* ha pretendido lavar su mala conciencia, la literatura y el teatro de humor no han sido entendidos en nuestro país por el público al que presuntamente se dirigían. La seriedad ha podido siempre más, y la graveza trágica ha alzado siempre su triste imagen para recordarnos una trascendencia, a medias penosa, a medias castradora. Por eso, Valle-Inclán opta, en medio de una generación *doliente* cual es la del 98, por entrar a saco en esa imagen trascendente, y dejar sueltos los caprichos de su deformación esperpéntica. Quizá por ello Valle-Inclán (que nunca abdicó del *modernismo,* porque reconocía en él las posibilidades de vitalidad para una estética moderna) es el noventayochista más discorde con la idea acuñada de esa generación. Planteada una problemática común (a la que no se sustrae) Valle-Inclán la asume, además, como un compromiso formal, que va mucho más allá del simple reconocimiento de la situación.

El conflicto se produce precisamente en la frontera de los siglos XIX y XX, cuando la historia entra en una crisis que podríamos considerar permanente. Ante la sucesiva conmoción de las ideas y los sistemas, incapaces de afrontarla adecuadamente, el humor y la imaginación en el arte y la literatura van a ser los catalizadores más eficaces de ese sentimiento de pérdida, de duda trágica, que el hombre vive. Frente al hundimiento desesperanzado, el humor intenta recuperar la facultad libre del hombre para crear, para inventar, a través de relaciones estremecedoras y maravillosas, un mundo que deje en evidencia la discordancia entre esas ideas establecidas y la realidad, y que, a la vez, interfiera agresivamente ese orden, esa compostura. «El humorista —escribe Pirandello— sabe perfectamente que incluso la pretensión lógica supera con mucho, en nosotros, la coherencia lógica real, y que si nos fingimos lógicos teóricamente, la lógica de la acción puede desmentir la del pensamiento, demostrando que es una ficción creer en su sinceridad absoluta. El hábito, la imitación inconsciente, la pereza mental, contribuyen a crear el equívoco. Y cuando a la razón rigurosamente lógica se adhiere, pongamos, el respeto y el amor hacia determinados ideales, ¿es siempre sincera la referencia que de ellos hacemos a la razón?»[22].

[22] Luigi Pirandello, *Ensayos,* Madrid, Guadarrama, 1968. página 192.

El humor descompone, desordena, deforma sistemáticamente, «en oposición al mecanismo ordenado, a la composición de la obra de arte en general», pero no es nunca una actividad caprichosa, ni mucho menos frívola. Para el humorista es imprescindible que *el sentimiento de lo contrario* que descubre reflexivamente, según explica con acierto Pirandello, arroje luz sobre el lado serio y doloroso de la realidad, y su objetivo no será la risa, sino que será «capaz de asumir lo más deleznable y lo más trágico de la vida con una gran comprensión». Desde Charlot a Woody Allen, desde Ionesco a Jacques Tatti (y no es casualidad que el cine y el teatro sean las expresiones artísticas que, con mas insistencia, hayan asumido esta visión deformada o contraria), el sentido humano de la vida, la compasión y hasta la ternura han sido las metas donde alcanza una imagen deseable, libre, espontánea, sincera, la crítica más o menos profunda de una sociedad donde al individuo le es cada día más difícil la supervivencia.

El cine (y el teatro) —decía— se adecúa perfectamente a esta circunstancia porque sus formulaciones expresivas manejan dos instrumentos básicos en el juego del humor: la palabra y la situación. Una palabra que se vacía progresivamente de sentido, que se ve desbordada por la imagen o enfrentada a ella, y que utilizada con esa ambigüedad y con el doble juego que la misma lleva implícito, empieza a mostrar su faz escondida. Una situación que no sólo se supone, sino que se ofrece a lo vivo, y cuya presencia, simultánea al discurso textual criticado, se revela como un absurdo. Escribiendo sobre Miguel Mihura, Enrique Llovet afirma que se trata de «un escritor muy personal, mira alrededor y descubre absurdos diarios, peligros tristes, graves y tontos en la vida cotidiana, abandonos y degradaciones, y decide contemplar esos gestos amenazadores desde lo alto de un escenario para provocar en el espectador un ademán de estupor muy curativo y, en cierta manera, incluso, *catár-*

tico» [23]. Mihura, pues, llega al humor por la vía de la duda metódica, de la posición de alerta a la que le obliga su época. No quiere ser testigo, como afirma también Llovet, «es siempre, a su manera, un moralizante. Y al decir *moralizante* quiero decir *piadoso*, como al decir *inteligente* quiero decir *reflexivo»* [24]. Mihura no sólo es consciente de *lo contrario*, sino que se aviene a expresar *el sentimiento de lo contrario* producido en él tras una reflexión cordial sobre la realidad, sin ocultarlo, sin convertirlo «como suele suceder ordinariamente en el arte, en una forma de sentimiento, sino en su contrario» [25].

La libertad creadora de Mihura, su constante abundamiento en la no sujeción a normas, escuelas, grupos o prejuicios estéticos establecidos, le permite descubrir con facilidad que el mundo de las limitaciones, el mundo de *lo sabido*, provoca situaciones incongruentes; le hace comprender que explotando estas situaciones, generalmente grotescas, se llega a la desnudez del mismo, y se podrá ver con toda claridad su oculta o disimulada verdad. Cuando hablamos de teatro de humor en Mihura no estamos pensando en la fácil carcajada, en el chiste a flor de labio. El humor de Mihura es algo más serio que todo eso. Es un humor que se transforma en actividad agresiva, en una investigación más o menos enérgica, más o menos dolorosa. Si pensamos en *Sublime decisión*, en *La bella Dorotea*, en *Ni pobre ni rico, sino todo lo contrario*, o en *Tres sombreros de copa*, veremos cómo a través de unas aventuras, en parte descabelladas, en parte totalmente lógicas, se está llegando a la raíz de irracionalidad en la que el hombre vive diariamente, porque el autor se ha encargado de disponer los elementos de su obra para que así suceda.

---

[23] Enrique Llovet, «Miguel Mihura en la Academia», en *El País*, Madrid, 19 diciembre 1976.
[24] *Idem.*
[25] *Vid.* nota 22.

Los dos ámbitos —constantes en casi todas sus comedias— en que se debaten los personajes son claro exponente de lo que decimos. Si en el mundo no existiesen prejuicios, máscaras, hipocresía, miedo a la verdad, personajes como Dionisio, como Abelardo, como Dorotea, no tendrían razón de ser. Y no se ofrecerían con ese aspecto entre desvalido y cómico que siempre muestran. Pero todo aquello existe. Irremediablemente nos encontramos, a cada paso, con hombres y mujeres así, que se debaten quijotescamente, aunque comprendamos que su esfuerzo será inútil. Por eso acaban plantándole cara a su circunstancia, y por eso también acaban capitulando ante ella, reconociendo su inutilidad: una acción sin sentido aparente, sin aparente coherencia. Los finales de Mihura no derivan en el melodramatismo que parece esperarse siempre: no hay ni salidas dulzonas, ni *happy-end* dispuesto de antemano. Mihura no propone soluciones. Cuando la comedia termina es cuando empezamos a comprender que todo, en realidad, se inicia entonces. He ahí ese valor dinámico de su teatro al que aludíamos más arriba. Francisco Umbral escribe que mientras «Jardiel explica el absurdo al final de sus obras (último tributo de la sensatez burguesa). Mihura ya no lo explica. En *Tres sombreros de copa* o *Ni pobre ni rico, sino todo lo contrario*, el absurdo queda ya en el aire, inexplicado, y este es el gran salto del teatro español de su siglo»[26].

Mihura se acerca a un orden de cosas caduco con una actitud desenfadada que se convertirá en abierta crítica al emplear el humor; un humor que no tiene nada que ver con lo cómico al uso. Un humor que conlleva una poderosa carga de seriedad, como explica Gonzalo Torrente Ballester: «...ni como público ni como críticos solemos prestar atención al enorme trasfondo de seriedad que la superficie cómica es-

[26] Francisco Umbral, «Ramón, Jardiel, Mihura», en *El País* Madrid, 29 octubre 1977.

conde. Y ese trasfondo, esa seriedad, no sólo no son incompatibles con el humorismo, sino que constituyen uno de sus ingredientes. La diferencia entre un escritor serio y un humorista consiste, entre otras cosas, en la trastienda seria, a veces trágica, del humorista»[27]. Un humor que poseía un valor corrosivo, porque «rechazaba una serie de *hermosas palabras*, porque hacía de la duda sistemática un instrumento de lucidez en tiempos de dogmatismo»[28]. Un humor que no se limita a servirse de recursos verbales, sino que estaba pensado y dispuesto para ser expresado desde un escenario. De mucho le tuvo que servir a Mihura su infancia y su juventud entre bastidores: Sabía que cualquier cosa que se dispusiese para la escena tenía necesariamente que contar con otro lenguaje, con una expresividad distinta. Jardiel y Mihura —escribe José Monleón— «han probado su condición de *hombres de teatro*, su capacidad escénica, el talento para no confundir jamás el teatro con la literatura. A los dos les ha preocupado el comportamiento del público (...) los dos han tenido miedo ante la potencia agresiva de su humor»[29]. Mihura no hizo un teatro sometido a la letra, a las ataduras textuales; no hizo un teatro literaturizado, sino que supo extraer de las situaciones que se tropezaba todo el valor dramático que las mismas tenían. Como propone Guerrero Zamora[30], se puede observar una evolución en nuestro teatro de humor desde Arniches y García Álvarez hasta Mihura, pasando por Antonio Paso y Muñoz Seca y por Jardiel Poncela; una evolución que señala perfectamente el paso de lo cómico a lo humorístico, de lo verbal a lo situacional.

[27] *Vid*. nota 17.
[28] *Vid*. nota 1.
[29] José Monleón, *Treinta años de teatro de la derecha*. *Vid*. nota 6.
[30] *Vid*. nota 8.

Tal vez fuera conveniente insistir en estos conceptos. Más que nada porque usualmente el teatro había sido para la crítica, hasta hace relativamente poco tiempo, una expresión básicamente literaria, lo que ha condicionado una forma de análisis del hecho dramático que prescindía de elementos capitales de su lenguaje específico, y por tanto era un análisis parcial, o cuando menos, incompleto. Afortunadamente, tal actitud ha variado mucho en los últimos años, aunque sólo se tenga en cuenta esta nueva orientación cuando se trata de analizar algún espectáculo teatral que desborda los límites de lo que se considera teatro tradicional. En casos como el de Mihura, y en el de otros autores que construyen su teatro desde presupuestos que podríamos considerar convencionales, la crítica se ha planteado sólo muy tímidamente los problemas de lenguaje teatral, salvo las excepciones de todos conocidas. Y, sin embargo, con el estudio de estos aspectos se alcanzaría la verdadera comprensión de obras como las de, entre otros, el propio Mihura.

Explicar el teatro de Mihura solamente desde la literatura me parece completamente erróneo por cuanto su excepcionalidad reside, precisamente, en que se trata de un escritor de teatro que parte del teatro. Lo importante en Mihura no es el lenguaje (aunque no deje de ser característico), sino justamente la perfecta adecuación entre ese lenguaje y las situaciones creadas en el escenario. Y más aún: la forma en que dichas situaciones explicitan, por sí mismas, la imagen que el dramaturgo trata de ofrecernos. Por limitarnos a la obra que nos ocupa, baste recordar cómo la limitación espacial, sostenida en los tres actos, no sólo no impide el dinamismo fundamental de la comedia, sino que además explicita perfectamente la relación Dionisio-mundo, clave de todo el proceso seguido en la obra. Baste recordar cómo el juego escénico de entradas y salidas de personajes *invasores* en la habitación de Dionisio se plantea desde la perspectiva de la magia, de las apariciones inusitadas que descubren lo hasta entonces imposible para el protagonista. Las situaciones, pues, transforman esa relación de Dionisio con el mundo en torno y con las cosas (don Sacramento, «el futuro e inevitable suegro», aparecerá también, y en el momento más inoportuno, por la puerta contraria a la *invasión* ilusionada del mundo de la farándula), y Dionisio se encontrará dividido, confuso y claudicante ante las circunstancias. La palabra en Mihura, explica Guerrero Zamora, aporta el nivel cómico, lo grotesco; las situaciones, inteligentemente dispuestas, ofrecen la explicitación humorística de aquella *percepción inicial de lo contrario*. En la asunción plena de esta construcción situacional reside la clave interpretativa de un teatro como el de Mihura, o el de Jardiel, y por eso mismo ambos tropezaron con la tozuda incomprensión de quienes no sólo arriesgaban una lectura superficial del texto, y descartaban por descabellados los planteamientos realmente dramáticos de la situación[31], sino de quienes lo observaban con mayor atención. Si comprendemos algo que me parece fundamental, podremos explicarnos inmediatamente el porqué de toda esa incomprensión que llegó a cansar al propio Mihura.

Las formas creadas por el autor comportan una determinada idea sobre el actor, el director, el escenógrafo. Punto éste fundamental, pues cuando se habla de renovación formal, no nos referimos exclusivamente a un problema autoral, sino a un problema del teatro en su totalidad.

---

[31] *Vid.* Pirandello, *Ensayos,* pág. 171. «...Como hombre de teatro, le puedo decir que [el humor se encuentra] en el contraste de los personajes, de las situaciones.» (Declaraciones de Mihura a Joaquín Valverde Sepúlveda, en «Miguel Mihura, un perezoso en la Academia», *Eco de Canarias,* 16 enero 1977.

Lo malo es que las formas tradicionales han creado un aparato artístico a su servicio, y cuando uno las pone en cuestión está, inevitablemente, enfrentándose con ese aparato[32].

Desde el momento en que nuestra estructura teatral no logra dar con ese «extrañamiento» que Mihura proponía ante la realidad; desde que Mihura hace que se tambaleen los presupuestos de la estética teatral tradicional, sin violarla aparentemente; desde que el público es requerido desde un escenario para despojarse de su rutinario *ver* y se le proponen formas que suponen un camino de penetración en la realidad que se les muestra, la inmediata reacción, lógica por demás, será el rechazo, la incomprensión. «El hombre es un animal vestido —escribe Carlyle en *Sartor Resartus*—, la sociedad tiene como base el vestido.» Y el vestuario *compone* también; compone y *esconde:* dos cosas que el humorismo no puede sufrir, como apuntaba Pirandello. En este sentido no sólo el humorismo encierra una capacidad crítica de primer orden, sino que además, en el caso concreto del teatro, ha sido el resquicio por donde ha entrado su renovación sustancial: la confrontación de situaciones contrarias con los habituales disfraces o vestidos de la vida cotidiana.

Como sucederá años más tarde con Eugène Ionesco (quien cuando conoce *Tres sombreros de copa* confiesa que le parece un excelente ejercicio para enriquecer la expresión teatral, multiplicar, variar los campos de lo *real* sometido a la prospección del autor dramático), cuyos estrenos siempre son entendidos de modo distinto al planteamiento y propósitos que le sirvieron de base, Mihura no salía de su asombro ante la peripecia de *Tres sombreros de copa;* intenta buscar un camino más sencillo, hacer algunas concesio-

---

[32] Pirandello, *op. cit.,* pág. 204.

nes, y entonces la obra (¡*Viva lo imposible!* o el *contable de estrellas*) no interesa; prepara el estreno de *Ni pobre ni rico, sino todo lo contrario,* y la polémica que se entabla tiene unos presupuestos totalmente distintos a los manejados por el autor; se decide a hacer el teatro que le solicitan los empresarios, y entonces se le tilda de acomodaticio («De ahí que todo su teatro haya sido después una especie de ten con ten, un intento de salvarse a sí mismo a través de todo tipo de concesiones», escribe José Monleón). Lo que sucedía es que su libertad creadora se había vuelto contra sí mismo cuando se le impone explícita o tácitamente una clara definición de su compromiso con un teatro radicalmente bipolarizado que no permitía demasiadas libertades. Además, Mihura es, como hemos advertido, un autor tradicional. Es un hombre de teatro a la vieja usanza, un liberal de viejo cuño, y su teatro es como es porque sólo había en él un propósito claro: alcanzar un diálogo eficaz con el público; quizá capitulando en exceso ante las exigencias de éste último, pero reconociendo que ése y no otro debe ser el destino de la obra: «No creo que mi teatro haya sido político, porque yo soy indiferente en política, curioso..., pero indiferente... Pero mi teatro no creo que haya tenido ningún matiz político, en absoluto (...) Lo que sí tiene mi teatro es una defensa de la libertad individual, que cada uno haga lo que le dé la gana, que para mí es lo importante» [33].

El teatro de humor de Mihura es, en cierta forma, una manera de hacer *lo que le da la gana.* Pero resulta que las circunstancias teatrales en las que se produjo (y el mismo sentido fundamental del hecho dramático) le exigen otra cosa... Quizá el ternurismo que se cita como cargo en el Mihura de las últimas obras, ese acomodaticio lirismo, sea también una

---

[33] *Vid.* nota 12.

Tres sombreros de copa

De lo dicho hasta aquí se deduce fácilmente que escribir es, para Mihura, una aventura. Nuestro autor encara la realidad sin ánimo de admitirla tal y como aparece, sino intentando descubrir su cara oculta, y sorprenderse (y sorprendernos) con ella. Claro es que utiliza inteligentemente los recursos a su alcance para que tal *descubrimiento* se haga por medio de una recreación literaria; dramática en su caso. Se trata, pues, de una aventura inesperada, cambiante, renovada. No existen apriorismos, ni planteamientos previos o esquemas rigurosos a los que servir con absoluta fidelidad. El mismo autor confiesa: «Yo no tengo la menor idea de lo que va a suceder en mis obras. No sé nunca cómo van a terminar. No sé nada de nada. Yo parto de una idea pueril... Y mientras voy escribiendo se me ocurre lo demás. Jamás conozco el desenlace. Y, naturalmente, cuando escribo lo paso muy mal»[35]. Para Mihura, además, tan poco complicado en sus intenciones, ese carácter insólito, sorpresivo, es el único que se debe imprimir a las situaciones teatrales, lo que en realidad compensa del oficio: «El no saber nunca lo que va a pasar, el sorprenderme a mí mismo cuando ocurre algo que yo no esperaba, es lo único que encuentro divertido de este oficio. Y creo que si mi teatro tiene algún valor es porque estas sorpresas que yo me llevo, son las

---

[35] *Vid.* nota 10.

mismas que se lleva el público. Sorpresas siempre espontáneas, auténticas, verdaderas, posibles y nunca calculadas» [36].

Y en esta especie de juego, de riesgo agradable que corre nuestro autor radica la clave de su singularidad. No se trata de un teatro rutinario, sino de un proceso que abarca, según se desprende de lo que ha dicho el propio autor, la melancolía, el recuerdo, la nostalgia, pero convertidos en poesía, en ternura, en piedad, y envueltos en humor, «para que no se note mucho la tristeza». Yo me atrevería a añadir que, más que todo eso, interesa la forma en que Mihura dispone los elementos de su obra para que notemos cuál es el callejón sin salida al que se ha llegado, inevitable-mente, tras ese acercamiento bondadoso, sentimen-tal, emotivo, a sus criaturas; pero sin caer, en ningún momento, en el fácil ternurismo, en la explotación interesada de los efectos sentimentales y melodramá-ticos. Y, en ese sentido, es ejemplar *Tres sombreros de copa*.

¿Qué sucede? La anécdota es bien simple [37]. Dema-siado, diría yo. Pueril, sin lugar a dudas. Un joven empleado llega a un pequeño hotel en una pequeña provincia la noche antes de su boda con una mucha-cha de la localidad. Todo tiene el aspecto de un ceremonial repetido, de un rito ineludible, casi fata-lista. Dionisio, el protagonista, va a culminar así un noviazgo de siete años, con una boda que le dará estabilidad y tranquilidad en la vida. Aún no sabemos si nuestro hombre ha reflexionado en algún momento

---

[36] Miguel Mihura, introducción a *Tres sombreros de copa* y *Maribel y la extraña familia*, pág. 48.

[37] La obsesión por lo simple, por orillar el enredo y la confusión es sustantiva en el teatro de Mihura. Frente a Jardiel Poncela, por ejemplo; «que era algo así como el Cecil B. de Mille del teatro. Muchos personajes. Muchas situaciones y enredos. Muchos deco-rados y fantasía. Mi teatro es todo lo contrario. Desde mi primera obra sólo he buscado la sencillez». (Miguel Mihura a Julio Trenas. *Vid.* nota 10.)

sobre su situación. Casualmente, en el mismo hotel, se hospedan los componentes de una compañía de revistas que debutará en el teatro de la pequeña localidad, al día siguiente. Y no sólo están en el hotel, sino que irrumpen en la habitación de Dionisio y lo arrastran a su desenfadada juerga nocturna. Entre las bailarinas de la compañía está Paula, ser paralelo de Dionisio, ser también sometido a una existencia monótona, si bien (como se puede comprender) distinta de la del primero. Entre Dionisio y Paula brota un afecto entrañable, profundo, un sincero y generoso cariño. Dionisio olvida su boda, su vida hasta aquel momento, sólo piensa y desea vivamente seguir con los actores, entregarse a su vida desenfadada y libre. Pero cuando amanece, cuando todos se preparan para bajar a la playa a ver cómo amanece el nuevo día, Dionisio recapacita y, casi sin darse cuenta, se entrega a su mundo, mientras Paula, que está a punto de ponerse sentimental, se vuelve al suyo. Cada cual tiene que volver a ser pieza de su engranaje. El mundo de cada uno está perfectamente ordenado; cada cual tiene en él su puesto y su servidumbre. Sólo ha sido posible la ilusión de alterarlos momentáneamente. El humor ha permitido la ficción, de la que inevitablemente han de regresar —al final— los personajes. La sociedad ha restituido su orden, ha impuesto su presión enajenadora. Mihura rescata temporalmente al individuo de su alienación, pero con ello sólo muestra, con más crudeza si cabe, el poder fagocitario de la sociedad.

Si todo se redujese a esto, la obra sería bien poca cosa. Lo que importa en *Tres sombreros de copa* es precisamente su tratamiento teatral; cómo Mihura va descubriendo aspectos de esas vidas (de unas vidas bien simples e ingenuas) que, aparentemente inútiles para el arte, encierran humor; unas situaciones a partir de las cuales se desencadena todo un proceso de penetración crítica, dejando al descubierto el absurdo de una existencia vivida de antemano, porque así lo ha impuesto el entorno en que se está inmerso. Por eso, lo que aparece como rebuscado no lo es. Todo sucede sorprendentemente, sí; pero como si de un juego de prestidigitador se tratase, y se inscribe en una lógica creadora muy singular[38]. Lo curioso y lo válido es que Mihura no hace sino plantear las situaciones, y que éstas, por sí mismas, producen la reacción apetecida. De ahí su verdad. Así quedan al descubierto, de forma especialmente crítica, las fallas de diversos aspectos de la sociedad media española: la vida de provincias, el matrimonio como única salida posible, el concepto de la mujer y el hombre frente a la idea de la boda, el oportunismo de los que todo lo basan en la palabra fácil, la explotación de los sentimientos ajenos... Todo brota de forma inesperada, absurda en apariencia, porque ese absurdo es la causa de todos estos condicionamientos que el hombre padece. Y más: esto que, en la obra de Mihura, está referido a un contexto social preciso, definido, toma mayor dimensión y se universaliza («La acción —reza la primera acotación— en Europa, en una capital de provincia de segundo orden»); se acomete la crítica de una serie de lugares comunes y de tabúes, en abstracto. Algunos críticos ven en esta circunstancia una desviación de la trayectoria positiva de la comedia, cuando precisamente nos parece que es ahí donde se realiza con mayor plenitud, porque las circunstancias que obligan a una determinada relación entre los personajes, desbordan los límites de lo puramente localista. Dionisio y Paula, en medio de un orden basado en prejuicios, y en una moral cimentada en las apariencias, son *víctimas del deber,* de un deber que les viene impuesto absurdamente a través

---

[38] «Las relaciones que se establecen entre sus personajes pueden tener apariencias estremecedoras o maravillosas, pero son, en el espacio escénico, completamente posibles e indiscutiblemente verosímiles.» (E. Llovet. *Vid.* nota 23.)

de situaciones más absurdas todavía. Entonces, ambos tratan de rebelarse, buscar una nueva realidad que tenga algo de mágica, de imaginaria, de ilusionada. Pero esta huida que se proponen como meta deseada no es evasión, ni tampoco —como señala Alfredo Marqueríe— intentan curarse de aquel entorno «jugando a una ficción como la de *Enrique IV*, de Pirandello. Las criaturas escénicas de Mihura construyen su mundo aparte, pero en un orbe verdadero hecho de humildad y fortaleza, como las encinas de Antonio Machado»[39]. Sucede todo lo contrario: intentan hacer válida la ficción en ese mundo que la niega: de ahí su condición de víctimas. Y esa realidad distinta no es otra que la que ellos, como seres humanos, y por tanto libres, se pueden construir a partir de lo más entrañable y sincero que pueden recoger del medio mismo en el que se debaten. Al fin, sin embargo, tendrán que capitular. La historia no concluye. Allí comienza todo. La historia podrá repetirse, y de hecho se repite. Dionisio, aunque no quiere casarse, aunque se rebela románticamente, se ve obligado a optar por la boda que brinda seguridad, impermeabilidad ante la bohemia; que supone un refugio, un descanso, tras diecisiete años de *meritoriaje*. Muy poco podrá hacer el carácter retraído, indeciso, de Dionisio, ante la impertinente solicitud de don Sacramento. Y otro de los aciertos de Mihura son los nombres de sus personajes: piénsese en el monocorde don Rosario, que no sabe siquiera qué cosas se ven desde la ventana de su hotel, pero que las repite según le han contado, que duerme a los huéspedes insomnes con su cornetín molesto o entre halagos y mimos, depositando en ellos el amor frustrado por el hijo que perdió, cosa que —por otra parte— no parece afectarle demasiado; piénsese en

---

[39] Alfredo Marqueríe, *Veinte años de teatro en España*, Madrid, Editora Nacional, 1959, págs. 145-153.

don Sacramento, el suegro de Dionisio, que expresará estúpidamente los lugares comunes, las razones hipócritas de una existencia despersonalizada, que sólo es un eco del orden en que se encuentra inmerso; piénsese en aquellos personajes sin nombre propio: el Odioso Señor, el Cazador Astuto, el Romántico Enamorado... Entre todos levantan, en torno a la sencilla pareja de Paula y Dionisio, el muro infranqueable de los compromisos hipócritas e inútiles.

Por su parte, Paula es también víctima de una operación mezquina. Buby, el falso negro que dirige el ballet de la barata compañía, explota a las chicas, y a costa de unas ilusiones que no se cumplen, obtiene de ellas todo cuanto se propone, incluso el lucro personal, a través de engaños y chantajes. Buby se sirve de aquellas mujeres, y de Paula también:

> ...a alguna cosa se tienen que dedicar las bonitas muchachas soñadoras, cuando no quieren pasarse la vida en el taller, o en la fábrica o en el almacén de ropas. El teatro es lindo, ¿verdad? ¡Hay libertad para todo! Los padres han quedado en casita, allá lejos, con su miseria y sus penas, con un puchero siempre al fuego... No hay que cuidar de los hermanitos, que son muchos y que lloran siempre. ¡La máquina de coser se quedó en aquel rincón! Pero bailar es difícil, ¿verdad, Paula?

Y Paula se verá obligada a dejar las cosas como están. Por eso, Paula también es víctima de un deber que la aprisiona y le arrebata la libertad que añora con Dionisio, comiendo marisco en la arena de una playa tranquila, sin pensar en la boda como una solución desesperada («¡Casarse es ridículo! ¡Tan tiesos! ¡Tan pálidos! ¡Tan bobos! ¡Qué risa! ¿Verdad?... ¿Tú piensas casarte alguna vez?»); sin querer otra cosa que sentirse viva, alegre, sincera. Pero la marcha final de Dionisio, ante las instancias de don Sacramento, y escoltado por la marcha militar ejecutada por don Rosario en su cornetín, tiene algo de símbolo, de advertencia, y Paula se vuelve a su mundo, lanza los sombreros al aire y grita: *¡Hoop!* La representación vuelve a comenzar. «Entre estos dos mundos, el de la vida a chorros y el del cartón piedra, se mueve indeciso el protagonista. Ya sabemos que, al final, gana el suegro y el cartón piedra, con lo cual queda claro que Mihura no es un optimista, y que eso que ahora llamamos el *mensaje* consiste, tratándose de Mihura, en llamar estúpidos a todos los que pudiendo vivir, prefieren la fría regularidad de la costumbre a la maravillosa espontaneidad de la vida»[40].

Ya hemos advertido a lo largo de esta introducción que el teatro de Mihura, a pesar de su singularidad, y hasta de su soterraña inconoclastia, se asienta en una estructura convencional. *Tres sombreros de copa* fue, en su momento (ya lo hemos visto), una obra sorprendente, incomprendida, y hasta temida por el teatro español al uso en los años 30 y, sin embargo, la comedia está construida con un equilibrio y una ponderación más que casuales. Yo diría (y a las palabras de Mihura me remito) que la obra es de una sencillez total y nunca excede los límites propuestos. Lo que sucede es que el autor explicita de forma inusitada los temas e ideas allí contenidos: utiliza los recursos convencionales para, precisamente, descubrir en ellos el absurdo que llevan en sí mismos. No se trata de una comedia *al servicio de* una tesis, sino que desnuda, sin ningún reparo, los errores de una sociedad que oculta bajo grandes y solemnes palabras su injusto proceder para con el individuo.

Paula y Dionisio son, por encima de cualquier otra significación, seres individualizados, que tratan de vivir su libertad, aunque saben que es una aventura imposible. Paula, escribe Torrente Ballester, «es una mujer que vive, que concede a la espontaneidad, a la imaginación, a la alegría y a la melancolía, un papel

---

[40] *Vid*. nota 17.

en su vida»[41]. Esa espontaneidad y esa imaginación son las que Mihura opone al cliché de la vida burguesa, y es lo que acarrea la incomprensión y el temor que siempre generó esta comedia singular. Ahora bien, dejando a un lado este tema (que espero haya quedado suficientemente explicado en páginas anteriores) y volviendo a la estructura de la comedia, se nos revelan inmediatamente aquel convencionalismo y aquella simpleza.

El primer acto supone un *planteamiento* de la acción. Todas sus escenas tienen como finalidad presentarnos a los personajes protagonistas y el conflicto en que viven. Más aún: situacionalmente, el primer acto determina ya una relación fundamental entre los protagonistas y el espacio. La habitación del hotel a la que llega Dionisio configura el contexto social en que éste se mueve, al que pertenece incuestionablemente: de una parte, la simple disposición del mismo («La cama. El armario de luna. El biombo. Un sofá. Sobre la mesilla de noche, en la pared, un teléfono. Junto al armario, una mesita. Un lavabo... Un balcón con cortinas, y detrás el cielo. Pendiente del techo, una lámpara. Sobre la mesilla de noche, otra lámpara pequeña»), y de otra, el ternurismo y la cortesía extremadas del empalagoso don Rosario («... Es ya demasiada bondad... ¡Abusan de usted!...» —le dice Diónisio, y el dueño del hotel contesta: «Pobrecillos... Déjelos... Casi todos los que vienen aquí son viajantes, empleados, artistas... Hombres solos... Hombres sin madre... Y yo quiero ser un padre para todos, ya que no lo pude ser para mi pobre niño») que mira con desconfianza, entre sus huéspedes, ese mismo desorden y esa misma falta de seguridad familiar que él trata de paliar con su excesivamente amoroso proceder. En ese ámbito así caracterizado se

---

[41] Torrente Ballester, *op. cit.*, pág. 455.

sitúa la familia de la novia, cuya rutina, al principio, el propio Dionisio consideraba una liberación:

> Esta es la última noche que pasaré solo en el cuarto de un hotel. Se acabaron las casas de huéspedes, las habitaciones frías, la gota de agua que se sale de la palangana, la servilleta con una inicial pintada con lápiz, la botella de vino con una inicial pintada con lápiz, el mondadientes con una inicial pintada con lápiz... Se acabó el huevo más pequeño del mundo, siempre frito... Se acabaron las croquetas de ave... Se acabaron las bonitas vistas desde el balcón... ¡Mañana me caso! Todo esto acaba y empieza ella... ¡Ella!

Este espacio de Dionisio, donde todo tiene su función perfectamente definida y de sobra conocida (durante la conversación telefónica con la novia, la pulga que le pica en la pierna es la correspondiente a su habitación, según lo ha heredado don Rosario; las contestaciones que le da a la novia son tan maquinales y repetidas que no significan nada: el propio don Rosario puede continuar el diálogo mientras Dionisio se rasca la pierna y la novia no notará la diferencia...), donde Dionisio va a pasar una noche de espera, inútil y vacía. Es una noche, según el propio protagonista, *que sobra*. Pero, al mismo tiempo, confiesa que le da vergüenza casarse. Mihura cuida perfectamente el desarrollo de la intriga, y va proporcionando pistas e indicios que justificarán el desarrollo posterior de la trama. Justamente cuando Dionisio siente ese vacío y esa inutilidad, su ámbito se verá invadido, de forma inesperada, por unos seres radicalmente contrarios. Con la gente de la farándula entra precisamente en la habitación de Dionisio el desorden, la descomposición, el desacuerdo. Y lo curioso, o lo importante, en *Tres sombreros de copa* es que el protagonista, tras esa invasión, pierde la seguridad, queda ante la disyuntiva: no sabe decir que

no, y la nueva realidad de la entrada de Paula lo
desborda:

> PAULA. (*Al notar su extraña actitud con los sombreros,
> que le hacen parecer un malabarista.*) ¿Es usted
> también artista?
> DIONISIO. Mucho.
> PAULA. Como nosotros. Yo soy bailarina... ¿Cómo se
> llama usted?
> DIONISIO. Dionisio Somoza Buscarini.
> PAULA. No. Digo su nombre en el teatro.
> DIONISIO. ¡Ah! ¡Mi nombre es el teatro! ¡Pues como todo el
> mundo!
> PAULA. ¿Cómo?
> DIONISIO. Antonini.
> PAULA. ¿Antonini?
> DIONISIO. Sí. Antonini. Es muy fácil. Antonini. Con dos
> enes...
> PAULA. No recuerdo. ¿Hace usted malabares?
> DIONISIO. Sí, claro, hago malabares.
> . . . .
> PAULA. ¿Ensayaba usted?
> DIONISIO. Sí. Ensayaba.
> PAULA. ¿Hace usted sólo el número?
> DIONISIO. Sí. Claro. Yo hago solo el número. Como mis
> papas se murieron, pues claro...
> PAULA. ¿Sus padres también eran artistas?
> DIONISIO. Sí. Claro. Mi padre era comandante de Infantería.
> Digo, no.
> PAULA. ¿Era militar?
> DIONISIO. Sí. Era militar. Pero muy poco. Casi nada.
> Cuando se aburría solamente.

Todo el primer acto, pues, se basa en la ficción que
despliegan unos y otros. Dionisio porque no es capaz,
en su ingenuidad, de romper el hechizo creado por la
llegada de Paula; Paula porque ha de cumplir con su
papel en la celada habitual que —obligada por Buby—
ha de tender a los huéspedes del hotel. Pero sucede
que de la ficción, los personajes, pasan, involunta-
riamente, a la realidad individual: su soledad, su
impotencia. Ese patetismo sensiblero que empieza a
aflorar se rompe cuando Mihura introduce un sabio
distanciamiento humorístico, donde el diálogo ab-

surdo, implícitamente lógico para todos, juega un papel sustantivo:

> DIONISIO. *(Para romper, galante, el violento silencio.)* ¿Y hace mucho que es usted negro?
> BUBY. No sé. Yo siempre me he visto así en la luna de los espejitos...
> DIONISIO. ¡Vaya por Dios! Cuando viene una desgracia nunca viene sola. ¿Y de qué se quedó usted así? ¿De alguna caída?
> BUBY. Debió ser de eso, señor...
> DIONISIO. ¿De una bicicleta?
> BUBY. De eso señor...

Nótese que no es la palabra lo que lleva la carga humorística, sino la situación en que se inscribe esa palabra. Aunque para Mihura el «defecto máximo que ha tenido esta comedia [sea] el paso rápido y brusco de un sentimiento a otro con lo que se despista o marea al espectador que no acaba de entrar en situación»[42], no cabe duda de que es en esa alternativa mantenida donde, al crearse una distancia, el humor alcanza su más eficaz penetración crítica. A lo largo de la situación referida (que se agudiza con la aparición de Fany, la otra chica del conjunto, a la que Dionisio ha de explicar lo que ya sabe, o lo que Buby o Paula podían haber contado mejor; y sobre todo con la aparición, entre mágica y fantasmagórica, de los demás integrantes de la compañía de *music-hall)*, el teléfono suena varias veces, y Dionisio no se atreve a contestar, o habla desde el absurdo convencional que está viviendo. Dionisio duda, pero —al propio tiempo— tiene miedo de dudar. Cuando el teléfono suena por última vez en esta escena, y reclama a Dionisio para su mundo, la nueva aparición de Paula le hace desistir y entregarse ilusionadamente al mundo recién descubierto.

---

[42] Miguel Mihura, introducción a la edición de Clásicos Castalia *(vid.* nota 36), pág. 36.

El acto primero termina, justamente, cuando Dionisio abandona su habitación, mientras el teléfono «sigue sonando unos momentos, inútilmente». Mihura cierra así este momento inicial, este planteamiento del conflicto, y ha medido con notable distribución rítmica esta situación alternativa que se propone a Dionisio, y que lo ha sorprendido, invadiendo su mundo conocido y estable.

El segundo acto mostrará la experiencia de Dionisio en ese otro mundo en que ha ingresado de la mano de Paula. Sobre la situación inicial, Mihura cargará este segundo acto de ilusión, de fantasía y absurdo. Dionisio vive un sueño y de ahí la transformación física de la imagen, que propone el autor en la acotación inicial:

> Hay muchos personajes en escena. Cuantos más veamos más divertidos estaremos. La mayoría son viejos extraños que no hablan. Bailan, solamente, unos con otros, o quizá, con alegres muchachas que no sabemos de dónde han salido, ni nos debe importar demasiado. Entre ellos un viejo lobo de mar vestido de marinero... Hay un indio con turbante o hay un árabe. Es, en fin, un coro absurdo y extraordinario que ambientará unos minutos la escena, ya que, a los pocos momentos de levantarse el telón, irán desapareciendo, poco a poco, por la puerta de la izquierda.

De ahí que entre el primero y el segundo actos hayan transcurrido dos horas y el ambiente («un raro ambiente de juerga») se haya transformado también. El autor ha separado rotundamente los dos primeros actos, de forma que quede bien patente su radical diferencia, pero mantiene el mismo lugar. Mihura deja así abierta una expectativa a la realidad de esa nueva situación: Dionisio no sabe con certeza si todo lo que acontece allí es la realidad; o si la realidad es —por el contrario— el mundo que le espera al día siguiente, y al que no podrá renunciar. El segundo acto, siguiendo la distribución tradicional, presenta el conflicto como tal: el *nudo*.

Lo normal ahora son las situaciones absurdas (el diálogo del Cazador Astuto con su acompañante, Sagra, sobre si los conejos se cazan o se pescan; el mismo diálogo evasivo entre Paula y el Odioso Señor...). Cada protagonista ha abandonado su oculta verdad y se entrega a la ficción, que anula lo interesado y ordenado del mundo habitual al que cada uno pertenece. El distanciamiento que se propone ahora es de signo contrario al del primer acto. Y Buby, el falso negro, plantea a Paula la cruda realidad que se esconde tras la ilusión de su trabajo en el teatro, y Paula ha de volver a fingir, muy a su pesar, ante el Odioso Señor. Dionisio, sin embargo, no cuenta con un personaje paralelo a Buby, que le sirva de perturbador en medio de la ficción, y se encuentra metido de hoz y coz en ella. Y no sabe por qué finge. Y duda. Y quiere decidir, pero no se atreve. Él está poseído también por ese orden superior y oscuro que no entiende, pero que lo somete y domina.

La improvisada fiesta que se celebra en la habitación de Dionisio no es tan intrascendente, ni tan exageradamente cómica como pudiera parecer[43]. En ella intervienen los personajes-tipo, algunos simples comparsas, otros abiertamente puestos en evidencia a la luz de su propia actuación y su propia palabra. Es el caso del Odioso Señor, objetivo de los manejos de Buby y Paula, quien —por sí mismo— nos ofrecerá el lacerante cuadro de su mezquindaz y su egoísmo:

---

[43] «...cuanto más se exagera en el montaje, cuantas más cosas raras en sus atuendos presentaban las chicas, cuanto más extravagante resultaba la puesta en escena, más me irritaba yo». (*Vid*. nota anterior, pág. 57.)

PAULA. ¿No tiene usted automóvil?

EL ODIOSO SEÑOR. Sí. Tengo tres... Pero a mí no me gustan los automóviles porque me molesta eso de que vayan siempre las ruedas dando vueltas... Es monótono.

....

PAULA. Me gustan más los elefantes.

EL ODIOSO SEÑOR. Yo, en la India, tengo cuatrocientos... Por cierto, que ahora les he puesto trompa y todo. Me ha costado un dineral... *(De pronto.)* Perdón, señorita; se me olvidada ofrecerle un ramo de flores.

(Saca del bolsillo interior de la americana un ramo de flores y se lo regala.)

PAULA. *(Aceptándolo.)* Encantada.

EL ODIOSO SEÑOR. No Vale la pena... Son de trapo... Ahora, que el trapo es del mejor.

Personaje que, además, Mihura vincula inmediatamente al mundo que espera para devorar a Dionisio:

PAULA. ¿Es usted casado?

EL ODIOSO SEÑOR. Sí, claro. Todos los señores somos casados. Los caballeros se casan siempre... Por cierto que mañana, precisamente, tengo que asistir a una boda... Se casa la hija de un amigo de mi señora y no tengo más remedio que ir...

Este Odioso Señor que, como los otros personajes deshumanizados, no tiene nombre (el caso de don Sacramento es muy significativo: su nombre, con serlo de persona, caracteriza perfectamente su tipología), será el catalizador en el que confluyan Paula y Dionisio, sin saberlo; es quien descubre a Paula la oscura faz de la mezquindad burguesa, por si en algún momento desistió interiormente de su difícil libertad como bailarina; es el nexo entre la ficción a la que se abandonó Dionisio y la realidad ineludible de su obra. Por eso, ambos, en última instancia, se refugian en el fingimiento de un futuro ideal, soñado:

PAULA. ¡Oh! ¡Qué bien! ¿Lo estás viendo, Dionisio? ¡Ninguno de estos caballeros sabe hacer con arena ni volcanes, ni castillos, ni leones! ¡Ni Buby tampoco! ¡Ellos no saben jugar! Yo sabía que tú eras distinto... Me enseñarás a hacerlos, ¿verdad? Iremos mañana...

(Pausa. DIONISIO, al oír la palabra «mañana», pierde de pronto su alegría y su entusiasmo por los juegos junto al mar.)

DIONISIO. ¡Mañana...!
PAULA. ¡Mañana!
DIONISIO. No.
PAULA. ¿Por qué?
DIONISIO. Porque no puedo.
PAULA. ¿Tienes que ensayar?
DIONISIO. No.
PAULA. Entonces, entonces, ¿qué tienes que hacer?
DIONISIO. Tengo... que hacer.
PAULA. ¡Lo dejas para otro día! ¡Hay muchos días! ¡Que más da! ¿Es muy importante lo que tienes que hacer?...

DIONISIO. Sí.
PAULA. ¿Negocio?
DIONISIO. Negocio.

Cuando Dionisio se decide, y se integra —no sin perder su miedo— en el mundo recién descubierto, se produce una nueva irrupción de lo inesperado, contraria ciertamente a la anterior. Como en el primer acto fue Paula y la ilusión arrebatadora la que invadió su ámbito, deteniendo —en cierta manera— el tiempo inexorable de Dionisio, son ahora los golpes en la puerta y la voz de don Sacramento los que rompen el hechizo creado por la noche fantástica que Dionisio acaba de vivir. Los acontecimientos se precipitan. Y sobre la voz de don Sacramento, Dionisio —solo— ha de hacer frente al teléfono que suena, al desmayo de Paula tras el golpe de Buby y a la exigente llamada de su suegro. Todo llevará de nuevo a Dionisio al ámbito de la máscara y del ocultamiento. No puede hacer frente a don Sacramento, a pesar de su nueva pers-

61

pectiva ante la vida, de forma tan poco ortodoxa según el criterio de su suegro, «y cogiendo a Paula por debajo de los brazos, desgarbadamente, ridículamente, intenta ocultarla tras la cama».

Si entre el primero y segundo actos Mihura dejaba un espacio de dos horas (lo que facilitaba una transformación radical del ámbito en que se desarrolla la acción), ahora, entre el segundo y el tercero, sólo ha pasado un minuto (el tiempo justo para que Dionisio esconda a Paula precipitadamente), la escena queda pendiente con la entrada de don Sacramento, y el autor la mantiene en suspenso. Este tercer acto, además, anulará el dinamismo del anterior: toda la primera parte corresponde al discurso de don Sacramento: frente a la gozosa actividad anterior, la rutinaria y enmohecida palabra de don Sacramento, que instituye el absurdo de una existencia vacía y anuladora del individuo. Por eso, tras la marcha del suegro, Dionisio y Paula (que lo ha oído todo), tratan de organizar, ya sin pleno convencimiento, una nueva estrategia de la ficción, sólo con la palabra; y poco a poco se les revela su condición de víctimas. Es Paula ahora la que deja a Dionisio (como ya había hecho con ella Buby) ante la cruel realidad:

DIONISIO. (...) y aprenderé a hacer juegos malabares con los tres sombreros de copa...
PAULA. Hacer juegos malabares con los tres sombreros de copa es muy difícil... Se caen siempre al suelo...
DIONISIO. Yo aprenderé a bailar como bailas tú...
PAULA. Bailar es más difícil todavía (...)
DIONISIO. (...) lograré tener cabeza de vaca y cola de cocodrilo...
PAULA. Eso cuesta aún más trabajo...
....
DIONISIO. (...) nos iremos a Londres...
PAULA. ¿Tú sabes hablar inglés?
....
DIONISIO. ¡Nos iremos a La Habana!
PAULA. En la Habana hay demasiados plátanos...
DIONISIO. ¡Nos iremos al desierto!

PAULA. Allí se van todos los que se disgustan, y ya los
desiertos están llenos de gente y de piscinas...

DIONISIO. *(Triste.)* Entonces es que tú no quieres venir conmigo...

PAULA. No. Realmente yo no quisiera irme contigo, Dionisio...

Cualquier salida forzada o contraria es inútil, y
Paula lo reconoce, aun dentro del absurdo aparente
del diálogo que mantienen. Y así Mihura podrá con-
cluir este tercer acto con el *desenlace,* con la vuelta
de todo a su orden, pero dejando a Dionisio con el
convencimiento de que ha sido vencido por su ce-
guera ignorante de tantos años, por su pacata educación burguesa de la que nunca tuvo la fuerza de
voluntad suficiente para salir, y que aún le hace
ocultar su ilusión como un pecado, ante la última
aparición de don Rosario, quien —por otra parte— no
suele tener ojos sino para su cornetín, cuando
irrumpe jaranero en la habitación para llevarse a
rastras a Dionisio. Paula, sin embargo, trata de no
dejarse arrastrar por el absurdo de la existencia, y en
vez de ponerse sentimental opta por lanzar los sombreros al aire, «sonríe, saluda y cae el telón».

Tres sombreros de copa es una de las obras más
significativas de nuestro teatro contemporáneo, y no
sólo por sus implicaciones ideológicas en torno al
comportamiento de una determinada sociedad (se ha
hecho alusión a la similitud existente entre el silencio
que Lorca impone a la protagonista de *Bernarda
Alba,* al final de su tragedia, y la interpretación —gro-
tesca ahora— de este silencio culpable, como un
tácito acuerdo, que separa a Paula y a Dionisio al
final de la comedia de Mihura), sino también porque
ha sacado el máximo partido a aquellos recursos que
convierten la obra en un hecho teatral que cuenta,
necesariamente, con las implicaciones que se puedan
suscitar en el espectador. Miguel Mihura, a los cuarenta y cinco años de escrita esta comedia, con ella y
por ella, sigue siendo una figura clave de nuestro

teatro actual, cuya existencia se debate hoy en busca de su verdadero sentido, a medias entre la repetición monocorde de fórmulas establecidas y anodinas y a medias entre los esfuerzos más o menos felices por proponer una nueva imagen donde el sentido agresivo y crítico se conjugue adecuadamente con una imprescindible capacidad de imaginación de la que tan necesitado ha estado siempre. Casos como el de Miguel Mihura y *Tres sombreros de copa* han sido hasta ahora excepcionales en el discurrir de nuestro teatro: hora va siendo ya de ganar algo del tiempo perdido.

Esta edición

En 1971, y con destino a la Biblioteca Anaya, preparé una edición de esta misma obra. En ella, entonces, me limitaba a determinar, a grandes rasgos, los aspectos más relevantes de la peripecia teatral de Miguel Mihura; y, naturalmente, intentaba una sumaria valoración crítica de *Tres sombreros de copa*.

Aunque para esta nueva edición mantengo, básicamente, el mismo esquema de estudio, he introducido en él diversas modificaciones que completan el apunte biográfico, intentan una penetración crítica en el ámbito del teatro español al que Mihura pertenece, así como algunas matizaciones sobre el tema, tan desprestigiado habitualmente, del teatro de humor, y amplían —en fin— notablemente el estudio específico de la obra que nos ocupa.

Por lo que al texto se refiere, en la edición de 1971 daba el publicado en la edición crítica de Taurus (Colección Primer Acto, 1965), tras consultar el aparecido en algunas de las ediciones anteriores. Para ésta que ahora publica Cátedra he podido contar con el texto definitivamente corregido por el propio Miguel Mihura, y publicado en 1977 en la colección Clásicos Castalia. Aunque, como señala el autor, no existen diferencias entre la primera y las siguientes ediciones de la obra, en la de Clásicos Castalia Mihura ha subsanado las erratas deslizadas en ocasiones anteriores, por lo que me parece oportuno considerarlo como texto definitivo.

Ediciones anteriores

Tres sombreros de copa (con *Ni pobre ni rico, sino todo lo contrario* y *El caso de la mujer asesinadita*), Madrid, Editora Nacional, 1947.

Teatro español 1952-1953, Madrid, Aguilar, 1953.

Tres sombreros de copa, Madrid, Escelicer, 1953.

Obras completas de Miguel Mihura, Prólogo de Edgar Neville, Barcelona, AHR, 1962.

Teatro, Madrid, Taurus, 1965.

Teatro selecto de Miguel Mihura, Madrid, Escelicer, 1967.

Obras selectas de Miguel Mihura, Barcelona, Carrogio-AHR, 1971.

Tres sombreros de copa, edición de Jorge Rodríguez Padrón, Madrid, Biblioteca Anaya 1972.

Teatro representativo español, Madrid, Escelicer, 1972.

Tres sombreros de copa, Madrid, Espasa Calpe, 1973.

Teatro de Miguel Mihura, Madrid, Gregorio del Toro, 1974.

Tres sombreros de copa (con *Maribel y la extraña familia)*, edición de Miguel Mihura, Madrid, Clásicos Castalia, 1977.

Tres sombreros de copa, Comentario de Emilio de Miguel, Madrid, Narcea, 1978.

Traducciones

AL FRANCÉS
Les trois chapeaux claque. Traducción de Helène Duc, *L'Avant Scene*, 191, París, 1959.

AL PORTUGUÉS
Os tres chapeaus altos. Prefacio de E. Ionesco, traducción de V. Barros Queiroz, Lisboa, Minotauro, 1962.

AL SUECO
Des tres Klaphate. Traducción de Cha Ludvigsen, Estocolmo, 1964.

AL INGLÉS
Three top hats. Traducción de M. Cobourn Wellwarth, Dutton, Nueva York, 1968.

En televisión

Tres sombreros de copa ha sido emitida por RTVE y por las televisiones de Bélgica (en francés y flamenco) y Francia.

Tres sombreros de copa se estrenó en el teatro Español de Madrid la noche del 24 de noviembre de 1952 por un grupo de actores del TEU de Madrid, con el siguiente reparto:

PAULA: Gloria Delgado
FANNY: Margarita Mas
MME. OLGA: Blanca Sendino
SAGRA: Conchita H. Vaquero

TRUDY: Lolita Dolf
CARMELA: Pilar Calabuig
DIONISIO: Juan José Menéndez
BUBY: Javier Domínguez
DON ROSARIO: José M.ª Prada
DON SACRAMENTO: Agustín González
EL ODIOSO SEÑOR: José Manuel
EL ANCIANO MILITAR: Fernando Guillén
EL CAZADOR ASTUTO: Antonio Jiménez
EL ROMÁNTICO ENAMORADO: F. García
EL GUAPO MUCHACHO: Agustín de Quinto
EL ALEGRE EXPLORADOR: R. Martín Peñá.

Bajo la dirección de Gustavo Pérez Puig y con decorados y figurines de Emilio Burgos.

Bibliografía

Damos una bibliografía muy sumaria sobre el tema, anotando sólo aquellos libros o artículos que puedan ser de fácil acceso a los lectores interesados. Por otra parte, reconocemos que una bibliografía exhaustiva desbordaría las intenciones del presente trabajo.

OBRAS GENERALES

Cuadernos para el diálogo, Extra III, «Teatro Español», Madrid, 1966.

DOMENECH, Ricardo, «Reflexiones sobre la situación del teatro», *Primer Acto,* 42, Madrid, 1963.

GUERRERO ZAMORA, Juan, *Historia del teatro contemporáneo,* Barcelona, Juan Flors, ed., 1961.

MARQUERÍE, Alfredo, *20 años de teatro en España,* Madrid, Editora Nacional, 1959.

MEDINA, Miguel Ángel, *El teatro español en el banquillo,* Valencia, Fernando Torres, ed., 1976.

MONLEÓN, José, *30 años de teatro de la derecha,* Barcelona, Tusquets, 1971.

PÉREZ MINIK, Domingo, *Debates sobre el teatro español contemporáneo,* Santa Cruz de Tenerife, Goya, 1953.

PÉREZ MINIK, Domingo, *Teatro europeo contemporáneo,* Madrid, Guadarrama, 1961.

RODRÍGUEZ ALCALDE, Leopoldo, *Teatro español contemporáneo,* Madrid, Epesa, 1973.

RUIZ RAMÓN, Francisco, *Historia del teatro español. Siglo XX,* Madrid, Cátedra, 1975.

TORRENTE BALLESTER, Gonzalo, *Teatro español contemporáneo,* Madrid, Guadarrama, 1957.

71

CALVO SOTELO, Joaquín, «Luto por Miguel Mihura», *Los domingos de ABC*, Madrid, 11 diciembre 1977.

DURAS, Marguerite, «Le comique universel de Trois chapeaux claque», *L'Avant Scene*, 191, París, 1959.

FERNÁNDEZ TORRES, Alberto, «Mihura o la complacencia», *Ínsula*, Madrid, 1978.

FRAILE, Medardo, «Teatro y vida en España: *La Camisa, La Corbata* y *Tres sombreros de copa*», *Prohemio*, I, 2, Barcelona, 1970.

IONESCO, Eugène, «El humor negro contra la mixtificación», *Primer Acto*, 7, Madrid, 1959.

LAÍN ENTRALGO, Pedro, *La aventura de leer*, Madrid, Espasa Calpe, 1946.

LARA, Fernando y GALÁN, Diego, «Miguel Mihura: un burgués con espíritu de clochard, *Triunfo*, Madrid, 29 abril 1972.

LÁZARO CARRETER, Fernando, «Miguel Mihura», *Gaceta Ilustrada*, Barcelona, 11 diciembre 1977.

LLOVET, Enrique, *El humor en el teatro de Mihura*, Madrid, Editora Nacional, 1966.

LLOVET, Enrique, «Miguel Mihura o el humor», *Mundo Hispánico*, Madrid, 1968.

LLOVET, Enrique, «Miguel Mihura en la Academia», *El País*, Madrid, 19 diciembre 1976.

MALLORQUÍ, E., «Mihura: sin tiempo para nada», *Cambio 16*, octubre 1977.

MARQUERÍE, Alfredo, «Miguel Mihura visto por A. Marqueríe», *Primer Acto*, 10, Madrid, 1959.

MIHURA, Miguel, «El teatro de Mihura visto por Mihura», *Primer Acto*, 3, Madrid, 1957.

MIHURA, Miguel, Introducción a *Tres sombreros de copa y Maribel y la extraña familia*, Clásicos Castalia, Madrid, 1977.

NEVILLE, Edgard, Prólogo a *O. C. de Miguel Mihura*, Barcelona, 1962.

PREGO, Adolfo, «El teatro de Miguel Mihura», *Primer Acto*, 10, Madrid, 1959.

PONCE, Fernando, *Miguel Mihura*, Madrid, Epesa, 1972

TORRENTE BALLESTER, Gonzalo, «El teatro serio de un humorista», en *Teatro. Miguel Mihura*, Madrid, Taurus, 1965.

TRENAS, Julio, «Miguel Mihura o la pereza», en *ABC*, Madrid, 13 mayo 1970.

UMBRAL, Francisco, «Ramón, Jardiel, Mihura», *El País*, Madrid, 29 octubre 1977.

VALVERDE SEPÚLVEDA, J., «Miguel Mihura, un perezoso en la Academia», *El Eco de Canarias*, Las Palmas, 16 enero 1977.

Tres sombreros de copa

PERSONAJES

PAULA	DON ROSARIO
FANNY	DON SACRAMENTO
MADAME OLGA	EL ODIOSO SEÑOR
SAGRA	EL ANCIANO MILITAR
TRUDY	EL CAZADOR ASTUTO
CARMELA	EL ROMÁNTICO ENAMORADO
DIONISIO	EL GUAPO MUCHACHO
BUBY	EL ALEGRE EXPLORADOR

La acción en Europa[1], en una capital de provincia de segundo orden

Derechas e izquierdas, las del espectador

---

[1] La precisión de Mihura en la acotación inicial invita a considerar el carácter de problemática burguesa general que concede al conflicto planteado en su comedia.

ACTO PRIMERO

Habitación de un hotel de segundo orden en una
capital de provincia. En la lateral izquierda, primer
término, puerta cerrada de una sola hoja, que comu-
nica con otra habitación. Otra puerta al foro que da a
un pasillo. La cama. El armario de luna. El biombo.
Un sofá. Sobre la mesilla de noche, en la pared, un
teléfono. Junto al armario, una mesita. Un lavabo.
A los pies de la cama, en el suelo, dos maletas y dos
sombrereras altas de sombreros de copa. Un balcón,
con cortinas, y detrás el cielo. Pendiente del techo,
una lámpara. Sobre la mesita de noche, otra lámpara
pequeña

*(Al levantarse el telón, la escena está sola y
oscura hasta que, por la puerta del foro, entran DIONISIO y DON ROSARIO, que enciende la
luz del centro. DIONISIO, de calle, con sombrero, gabán y bufanda, trae en la mano una
sombrerera parecida a las que hay en escena.
DON ROSARIO es ese viejecito tan bueno de las
largas barbas blancas.)*

DON ROSARIO. Pase usted, don Dionisio. Aquí, en
esta habitación, le hemos puesto el equipaje.

DIONISIO. Pues es una habitación muy mona,
don Rosario.

DON ROSARIO. Es la mejor habitación, don Dionisio. Y la más sana. El balcón da al mar. Y la vista es

hermosa. *(Yendo hacia el balcón.)* Acérquese. Ahora no se ve bien porque es de noche. Pero, sin embargo, mire usted allí las lucecitas de las farolas del puerto. Hace un efecto muy lindo. Todo el mundo lo dice. ¿Las ve usted?

DIONISIO.   No. No veo nada.

DON ROSARIO.   Parece usted tonto, don Dionisio.

DIONISIO.   ¿Por qué me dice usted eso, caramba?

DON ROSARIO.   Porque no ve las lucecitas. Espérese. Voy a abrir el balcón. Así las verá usted mejor.

DIONISIO.   No. No, señor. Hace un frío enorme. Déjelo. *(Mirando nuevamente.)* ¡Ah! Ahora me parece que veo algo. *(Mirando a través de los cristales.)* ¿Son tres lucecitas que hay allá a lo lejos?

DON ROSARIO.   Sí. ¡Eso! ¡Eso!

DIONISIO.   ¡Es precioso! Una es roja, ¿verdad?

DON ROSARIO.   No. Las tres son blancas. No hay ninguna roja.

DIONISIO.   Pues yo creo que una de ellas es roja. La de la izquierda.

DON ROSARIO.   No. No puede ser roja. Llevo quince años enseñándoles a todos los huéspedes, desde este balcón, las lucecitas de las farolas del puerto, y nadie me ha dicho nunca que hubiese ninguna roja.

DIONISIO.   Pero ¿usted no las ve?

DON ROSARIO.   No. Yo no las veo. Yo, a causa de mi vista débil, no las he visto nunca. Esto me lo dejó dicho mi papá. Al morir mi papá me dijo.: «Oye, niño ven. Desde el balcón de la alcoba rosa se ven tres lucecitas blancas del puerto lejano. Enséñaselas a los huéspedes y se pondrán todos muy contentos...» Y yo siempre se las enseño...

DIONISIO.   Pues hay una roja, yo se lo aseguro.

DON ROSARIO.   Entonces, desde mañana, les diré a mis huéspedes que se ven tres lucecitas: dos blancas y una roja... Y se pondrán más contentos todavía. ¿Verdad que es una vista encantadora? ¡Pues de día es aún más linda!...

DIONISIO. ¡Claro! De día se verán más lucecitas...

DON ROSARIO. No. De día las apagan.

DIONISIO. ¡Qué mala suerte!

DON ROSARIO. Pero no importa, porque en su lugar se ve la montaña, con una vaca encima muy gorda que, poquito a poco, se está comiendo toda la montaña...

DIONISIO. ¡Es asombroso!

DON ROSARIO. Sí. La Naturaleza toda es asombrosa, hijo mío *(Ya ha dejado* DIONISIO *la sombrerera junto a las otras. Ahora abre la maleta y de ella saca un pijama negro, de raso, con un pájaro bordado en blanco sobre el pecho, y lo coloca, extendido, a los pies de la cama. Y después, mientras habla* DON RO-SARIO, DIONISIO *va quitándose el gabán, la bufanda y el sombrero que mete dentro del armario.)* Esta es la habitación más bonita de toda la casa... Ahora, claro, ya está estropeada del trajín... ¡Vienen tantos huéspedes en verano!... Pero hasta el piso de madera es mejor que el de los otros cuartos... Venga aquí... Fíjese... Este trozo no, porque es el paso y ya está gastado de tanto pisar... Pero mire usted debajo de la cama, que está más conservado... Fíjese qué madera, hijo mío... ¿Tiene usted cerillas?

DIONISIO. *(Acercándose a* DON ROSARIO.*)* Sí. Tengo una caja de cerillas y tabaco.

DON ROSARIO. Encienda usted una cerilla.

DIONISIO. ¿Para qué?

DON ROSARIO. Para que vea usted mejor la madera. Agáchese. Póngase de rodillas.

DIONISIO. Voy.

(Enciende una cerilla y los dos, de rodillas, miran debajo de la cama.)

DON ROSARIO. ¿Qué le parece a usted, don Dionisio?

DIONISIO. ¡Que es magnífico!

DON ROSARIO. *(Gritando.)* ¡Ay!

DIONISIO.   ¿Qué le sucede?

DON ROSARIO.   *(Mirando debajo de la cama.)* ¡Allí hay una bota!

DIONISIO.   ¿De caballero o de señora?

DON ROSARIO.   No sé. Es una bota.

DIONISIO.   ¡Dios mío!

DON ROSARIO.   Algún huésped se la debe de haber dejado olvidada... ¡Y esas criadas ni siquiera la han visto al barrer!... ¿A usted le parece esto bonito?

DIONISIO.   No sé qué decirle...

DON ROSARIO.   Hágame el favor, don Dionisio. A mí me es imposible agacharme más, por causa de la cintura... ¿Quiere usted ir a coger la bota?

DIONISIO.   Déjela usted, don Rosario... Si a mí no me molesta... Yo en seguida me voy a acostar, y no le hago caso...

DON ROSARIO.   Yo no podría dormir tranquilo si supiese que debajo de la cama hay una bota... Llamaré ahora mismo a una criada.

> *(Saca una campanilla del bolsillo y la hace sonar.)*

DIONISIO.   No. No toque más. Yo iré por ella. *(Mete parte del cuerpo debajo de la cama.)* Ya está. Ya la he cogido. *(Sale con la bota.)* Pues es una bota muy bonita. Es de caballero...

DON ROSARIO.   ¿La quiere usted, don Dionisio?

DIONISIO.   No, por Dios; muchas gracias. Déjelo usted...

DON ROSARIO.   No sea tonto. Ande. Si le gusta, quédese con ella. Seguramente nadie la reclamará... ¡Cualquiera sabe desde cuándo está ahí metida...!

DIONISIO.   No. No. De verdad. Yo no la necesito...

DON ROSARIO.   Vamos. No sea usted bobo... ¿Quiere que se la envuelva en un papel, carita de nardo?

DIONISIO.   Bueno, como usted quiera...

DON ROSARIO. No hace falta. Está limpia. Métasela usted en un bolsillo. (DIONISIO *se mete la bota en un bolsillo.*) Así...

DIONISIO. ¿Me levanto ya?

DON ROSARIO. Sí, don Dionisio, levántese de ahí, no sea que se vaya a estropear los pantalones...

DIONISIO. Pero ¿qué veo, don Rosario? ¿Un teléfono?

DON ROSARIO. Sí, señor. Un teléfono.

DIONISIO. Pero ¿un teléfono de esos por los que se puede llamar a los bomberos?

DON ROSARIO. Sí, señor. Y a los de las Pompas Fúnebres...

DIONISIO. ¡Pero esto es tirar la casa por la ventana, don Rosario! *(Mientras* DIONISIO *habla,* DON ROSARIO *saca de la maleta un chaquet, un pantalón y unas botas y los coloca dentro del armario.)* Hace siete años que vengo a este hotel y cada año encuentro una nueva mejora. Primero quitó usted las moscas de la cocina y se las llevó al comedor. Después las quitó usted del comedor y se las llevó a la sala. Y el otro día las sacó usted de la sala y se las llevó de paseo, al campo, en donde, por fin, las pudo usted dar esquinazo... ¡Fue magnífico! Luego puso usted la calefacción... Después suprimió usted aquella carne de membrillo que hacía su hija... Ahora el teléfono... De una fonda de segundo orden ha hecho usted un hotel confortable... Y los precios siguen siendo económicos... ¡Esto supone la ruina, don Rosario...!

DON ROSARIO. Ya me conoce usted, don Dionisio. No lo puedo remediar. Soy así. Todo me parece poco para mis huéspedes de mi alma...

DIONISIO. Pero, sin embargo, exagera usted... No está bien que cuando hace frío nos meta usted botellas de agua caliente en la cama; ni que cuando estamos constipados se acueste usted con nosotros para darnos más calor y sudar; ni que nos dé usted besos cuando nos marchamos de viaje. No está bien tampoco que, cuando un huésped está desvelado, entre usted en la alcoba con su cornetín de pistón e interprete romanzas de su época, hasta conseguir que se quede dormidito... ¡Es ya demasiada bondad...! ¡Abusan de usted...!².

DON ROSARIO.   Pobrecillos... Déjelos..., casi todos los que vienen aquí son viajantes, empleados, artistas... Hombres solos... Hombres sin madre... Y yo quiero ser un padre para todos, ya que no lo pude ser para mi pobre niño... ¡Aquel niño mío que se ahogó en un pozo...! *(Se emociona.)*

DIONISIO.   Vamos, don Rosario... No piense usted en eso...

DON ROSARIO.   Usted ya conoce la historia de aquel pobre niño que se ahogó en el pozo...

DIONISIO.   Sí. La sé. Su niño se asomó al pozo para coger una rana... Y el niño se cayó. Hizo «¡pin!», y acabó todo.

DON ROSARIO.   Ésa es la historia, don Dionisio. Hizo «¡pin!», y acabó todo. *(Pausa dolorosa.)* ¿Va usted a acostarse?

DIONISIO.   Sí, señor.

DON ROSARIO.   Le ayudaré, capullito de alhelí. *(Y mientras hablan, le ayuda a desnudarse, a ponerse el bonito pijama negro y cambiarse los zapatos por unas zapatillas.)* A todos mis huéspedes los quiero, y a usted también, don Dionisio. Me fue usted tan simpático desde que empezó a venir aquí, ¡ya va para siete años!

DIONISIO.   ¡Siete años, don Rosario! ¡Siete años! Y desde que me destinaron a ese pueblo melancólico y llorón que, afortunadamente, está cerca de éste, mi única alegría ha sido pasar aquí un mes todos los años, y ver a mi novia y bañarme en el mar, y

---

² El impertinente paternalismo de don Rosario, evidente en todas sus acciones y expresado a través de ridículas apostillas, lo convierte —inconscientemente, porque él es obvio que no se lo ha planteado nunca— en ejecutor de las estúpidas reglas de la sociedad en la que Dionisio va a entrar inapelablemente.

comprar avellanas, y dar vueltas los domingos alrededor del quiosco de la música, y silbar en la alameda *Las princesitas del dólar*...

DON ROSARIO. ¡Pero mañana empieza para usted una vida nueva!

DIONISIO. ¡Desde mañana ya todos serán veranos para mí!... ¿Qué es eso? ¿Llora usted? ¡Vamos, don Rosario!...

DON ROSARIO. ¡Pensar que sus padres, que en paz descansen, no pueden acompañarle en una noche como ésta... ¡Ellos serían felices!...

DIONISIO. Sí. Ellos serían felices viendo que lo era yo. Pero dejémonos de tristeza, don Rosario... ¡Mañana me caso! Ésta es la última noche que pasaré solo en el cuarto de un hotel. Se acabaron las casas de huéspedes, las habitaciones frías, la gota de agua que se sale de la palangana, la servilleta con una inicial pintada con lápiz, la botella de vino con una inicial pintada con lápiz, el mondadientes con una inicial pintada con lápiz... Se acabó el huevo más pequeño del mundo, siempre frito... Se acabaron las croquetas de ave... Se acabaron las bonitas vistas desde el balcón... ¡Mañana me caso! Todo esto acaba y empieza ella... ¡Ella!

DON ROSARIO. ¿La quiere usted mucho?

DIONISIO. La adoro, don Rosario, la adoro. Es la primera novia que he tenido y también la última. Ella es una santa.

DON ROSARIO. ¡Habrá estado usted allí, en su casa, todo el día!...

DIONISIO. Sí. Llegué esta mañana, mandé aquí el equipaje y he comido con ellos y he cenado también. Los padres me quieren mucho... ¡Son tan buenos!...

DON ROSARIO. Son unas bellísimas personas... Y su novia de usted es una virtuosa señorita... Y, a pesar de ser de una familia de dinero, nada orgullosa... *(Tuno.)* Porque ella tiene dinerito, don Dionisio.

DIONISIO. Sí. Ella tiene dinerito, y sabe hacer

unas labores muy bonitas y unas hermosas tartas de manzana... ¡Ella es un ángel!

DON ROSARIO. *(Por una sombrerera.)* ¿Y qué lleva usted aquí don Dionisio?

DIONISIO. Un sombrero de copa, para la boda. *(Lo saca.)* Éste me lo ha regalado mi suegro hoy. Es suyo. De cuando era alcalde. Y yo tengo otros dos que me he comprado. *(Los saca.)* Mírelos usted. Son muy bonitos. Sobre todo se ve en seguida que son de copa, que es lo que hace falta... Pero no me sienta bien ninguno... *(Se los va probando ante el espejo.)* Fíjese. Éste me está chico... Éste me hace una cabeza muy grande... Y éste dice mi novia que me hace cara de salamandra.

DON ROSARIO. Pero ¿de salamandra española o de salamandra extranjera?

DIONISIO. Ella sólo me ha dicho que de salamandra. Por cierto... que, con este motivo, la dejé enfadada... Es tan inocente... ¿El teléfono funciona? Voy a ver si se le ha pasado el enfado... Se llevará una alegría...

(El último sombrero de copa se lo ha dejado puesto en la cabeza y, con él, seguirá hablando hasta que se indique.)

DON ROSARIO. Llame usted abajo y el ordenanza le pondrá en comunicación con la calle.

DIONISIO. Sí, señor. *(Al aparato.)* Sí. ¿Me hace usted el favor, con la calle? Sí, gracias.

DON ROSARIO. A lo mejor ya se han acostado. Ya es tarde.

DIONISIO. No creo. Aún no son las once. Ella duerme junto a la habitación donde está el teléfono... Ya está. *(Marca.)* Uno-nueve-cero. Eso es. ¡Hola! Soy yo. El señorito Dionisio. Que se ponga al aparato la señorita Margarita. *(A DON ROSARIO)* Es la criada... Ya viene ella... *(Al aparato.)* ¡Bichito mío! Soy yo. Sí. Te llamo desde el hotel... Tengo teléfono en mi

mismo cuarto... Sí. Caperucita Encarnada... No...
Nada... Para que veas que me acuerdo de ti... Oye,
no voy a llevar el sombrero que me hace cara de
chubeski[3]... Fue una broma... Yo no hago más que lo
que tú me mandes... Sí, amor mío... *(Pausa.)* Sí,
amor mío... *(De repente, encoge una pierna, tapa con
la mano el micrófono y da un pequeño grito.)* Don
Rosario... ¿En esta habitación hay pulgas?

DON ROSARIO. No sé, hijo mío...

DIONISIO. *(Al aparato.)* Sí, amor mío. *(Vuelve a
tapar el micrófono.)* ¿Su papá, cuando murió, no le
dejó dicho nada de que en esta habitación hubiese
pulgas? *(Al aparato.)* Sí, amor mío...

DON ROSARIO. Realmente, creo que me dejó dicho que había una...

DIONISIO. *(Que sigue rascándose una pantorrilla
contra otra, desesperado.)* Pues me está devorando
una pantorrilla... Haga el favor, don Rosario, rás-
queme usted... (DON ROSARIO *le rasca.)* No; más
abajo. *(Al aparato.)* Sí, amor mío... *(Tapa.)* ¡Más
arriba! Espere...: Tenga esto.

> *(Le da el auricular a* DON ROSARIO, *que se
> lo pone al oído, mientras* DIONISIO *se busca la
> pulga, muy nervioso.)*

DON ROSARIO. *(Escucha por el aparato, en donde
se supone que la novia sigue hablando, y toma una
expresión dulcísima.)* Sí, amor mío... *(Muy tierno.)*
Sí, amor mío...

DIONISIO. *(Que, por fin, mató la pulga.)* Ya está.
Déme... (DON ROSARIO *le da el auricular.)* Sí... Yo
también dormiré con tu retrato debajo de la almohada... Si te desvelas, llámame tú después. *(Ras-*

---

[3] *Chubeski:* especie de estufa de forma cilíndrica. Nótese el
intento de Mihura de ridiculizar, a través de transformaciones
grotescas (objetos o animales), a los personajes.

cándose otra vez.) Adiós, bichito mío. *(Cuelga.)* ¡Es un ángel!...[4].

DON ROSARIO. Si quiere usted diré abajo que le dejen en comunicación con la calle, y así hablan ustedes cuanto quieran...

DIONISIO. Sí, don Rosario. Muchas gracias. Quizá hablemos más...

DON ROSARIO. ¿A qué hora es la boda, don Dionisio?

DIONISIO. A las ocho. Pero vendrán a recogerme antes. Que me llamen a las siete, por si acaso se me hace tarde. Voy de *chaquet* y es muy difícil ir de *chaquet*... Y luego esos tres sombreros de copa...

DON ROSARIO. ¿Me deja usted que le dé un beso, rosa de pitiminí? Es el beso que le daría su padre en una noche como ésta. Es el beso que yo nunca podré dar a aquel niño mío que se me cayó en un pozo...

DIONISIO. Vamos, don Rosario...

(Se abrazan emocionados.)

DON ROSARIO. Se asomó al pozo, hizo «¡pin!», y acabó todo.

DIONISIO. ¡Don Rosario!...

DON ROSARIO. Bueno. Me voy. Usted querrá descansar... ¿Quiere usted que le suba un vasito de leche?

DIONISIO. No, señor. Muchas gracias.

DON ROSARIO. ¿Quiere usted que le suba un poco de mojama?[5].

---

[4] Esta situación, tan bien explotada por Mihura, supone una de las constantes de su lenguaje teatral: reducir lo trascendente o melodramático a lo irrisorio. La aparición de la pulga, la utilización de Rosario en la conversación y lo estereotipado de ésta, revelan el falso ternurismo y la boda absurda. Mihura no lo dice, lo evidencia a través de la situación teatral.

[5] *Mojama:* carne salada y seca al sol o al humo, especialmente el atún. El ofrecimiento de don Rosario no puede ser más significativo: un alimento seco y poco abundante. El *aprendizaje* de Dionisio empieza implícitamente en sus estancias en la pensión, bajo los *expertos* cuidados de don Rosario.

DIONISIO. No.

DON ROSARIO. ¿Quiere usted que me quede aquí, hasta que se duerma, no se vaya a poner nervioso? Yo me subo el cornetín y toco... Toco «El carnaval en Venecia», toco «La serenata de Toselli»... Y usted duerme y sueña...

DIONISIO. No, don Rosario. Muchas gracias.

DON ROSARIO. Mañana me levantaré temprano para despedirle. Todos nos levantaremos temprano...

DIONISIO. No, por Dios, don Rosario. Eso sí que no. No diga usted a nadie que me voy a casar. Me da mucha vergüenza.

DON ROSARIO. *(Ya junto a la puerta del foro, para salir.)* Bueno, pues si usted no quiere, no le despediremos todos en la puerta... Pero resultaría tan hermoso... En fin... Ahí se queda usted solito. Piense que desde mañana tendrá que hacer feliz a una virtuosa señorita... Sólo en ella debe usted pensar...

DIONISIO. *(Que ha sacado del bolsillo de la americana una cartera, de la que extrae un retrato que contempla embelesado, mete la cartera y el retrato debajo de la almohada y dice, muy romántico):* ¡Durante siete años sólo en ella he pensado! ¡Noche y día! A todas horas... En estas horas que me faltan para ser feliz, ¿en quién iba a pensar? Hasta mañana, don Rosario...

DON ROSARIO. Hasta mañana, carita de madreselva.

> *(Hace una reverencia. Sale. Cierra la puerta. DIONISIO cierra las maletas, mientras silba una fea canción pasada de moda. Después se tumba sobre la cama sin quitarse el sombrero. Mira el reloj.)*

DIONISIO. Las once y cuarto. Quedan apenas nueve horas. *(Da cuerda al reloj.)* Nos debíamos haber casado esta tarde y no habernos separado esta noche ya... Esta noche sobra... Es una noche vacía.

(Cierra los ojos.) ¡Nena! ¡Nena! ¡Margarita! *(Pausa. Y después, en la habitación de al lado, se oye un portazo y un rumor fuerte de conversación, que poco a poco va aumentando.* DIONISIO *se incorpora.)* ¡Vamos, hombre! ¡Una bronca ahora! Vaya unas horas de reñir... *(Su vista tropieza con el espejo, en donde se ve con el sombrero de copa en la cabeza y, sentado en la cama dice:)* Sí, ahora parece que me hace cara de apisonadora...

> *(Se levanta. Va hacia la mesita, donde dejó los otros dos sombreros y, nuevamente, se los prueba. Y cuando tiene uno en la cabeza y los otros dos uno en cada mano, se abre rápidamente la puerta de la izquierda y entra* PAULA, *una maravillosa muchacha rubia, de dieciocho años que, sin reparar en* DIONISIO, *vuelve a cerrar de un golpe y, de cara a la puerta cerrada, habla con quien se supone ha quedado dentro.* DIONISIO, *que la ve reflejada en el espejo, muy azorado, no cambia de actitud.)*

PAULA. ¡Idiota!
BUBY. *(Dentro.)* ¡Abre!
PAULA. ¡No!
BUBY. ¡Abre!
PAULA. ¡No!
BUBY. ¡Que abras!
PAULA. ¡Que no!
BUBY. *(Todo muy rápido.)* ¡Imbécil!
PAULA. ¡Majadero!
BUBY. ¡Estúpida!
PAULA. ¡Cretino!
BUBY. ¡Abre!
PAULA. ¡No!
BUBY. ¡Que abras!
PAULA. ¡Que no!
BUBY. ¿No?
PAULA. ¡No!

BUBY.   Está bien.

PAULA.   Pues está bien. *(Y se vuelve. Y al volverse, ve a* DIONISIO.) ¡Oh, perdón! Creí que no había nadie...

DIONISIO.   *(En su misma actitud frente al espejo.)* Sí...

PAULA.   Me apoyé en la puerta y se abrió... Debía estar sin encajar del todo... Y sin llave...

DIONISIO.   *(Azoradísimo.)* Sí...

PAULA.   Por eso entré...

DIONISIO.   Sí...

PAULA.   Yo no sabía...

DIONISIO.   No...

PAULA.   Estaba riñendo con mi novio.

DIONISIO.   Sí...

PAULA.   Es un idiota...

DIONISIO.   Sí...

PAULA.   ¿Acaso le han molestado nuestros gritos?

DIONISIO.   No...

PAULA.   Es un grosero...

BUBY.   *(Dentro.)* ¡Abre!

PAULA.   ¡No! *(A* DIONISIO.) Es muy feo y muy tonto... Yo no le quiero... Le estoy haciendo rabiar... Me divierte mucho hacerle rabiar... Y no le pienso abrir... Que se fastidie ahí dentro... *(Para la puerta.)* Anda, anda, fastídiate...

BUBY.   *(Golpeando.)* ¡Abre!

PAULA.   *(El mismo juego.)* ¡No!... Claro que, ahora que me fijo, le he asaltado a usted la habitación. Perdóneme. Me voy. Adiós.

DIONISIO.   *(Volviéndose y quedando ya frente a ella.)* Adiós, buenas noches.

PAULA.   *(Al notar su extraña actitud con los sombreros, que le hacen parecer un malabarista.)* ¿Es usted también artista?

DIONISIO.   Mucho.

PAULA.   Como nosotros. Yo soy bailarina. Trabajo en el *ballet* de Buby Barton. *Debutamos* mañana en el Nuevo Music-Hall. ¿Acaso usted también *de-*

buta mañana en el Nuevo Music-Hall? Aún no he visto los programas. ¿Cómo se llama usted?

DIONISIO. Dionisio Somoza Buscarini.

PAULA. No. Digo su nombre en el teatro.

DIONISIO. ¡Ah! ¡Mi nombre en el teatro ¡Pues como todo el mundo!...

PAULA. ¿Cómo?

DIONISIO. Antonini.

PAULA. ¿Antonini?

DIONISIO. Sí. Antonini. Es muy fácil. Antonini. Con dos enes...

PAULA. No recuerdo. ¿Hace usted malabares?

DIONISIO. Sí. Claro. Hago malabares.

BUBY. *(Dentro.)* ¡Abre!

PAULA. ¡No! *(Se dirige a* DIONISIO.*)* ¿Ensayaba usted?

DIONISIO. Sí. Ensayaba.

PAULA. ¿Hace usted solo el número?

DIONISIO. Sí. Claro. Yo hago solo el número. Como mis papás se murieron, pues claro...

PAULA. ¿Sus padres también eran artistas?

DIONISIO. Sí. Claro. Mi padre era comandante de Infantería. Digo, no.

PAULA. ¿Era militar?

DIONISIO. Sí. Era militar. Pero muy poco. Casi nada. Cuando se aburría solamente. Lo que más hacía era tragarse el sable. Le gustaba mucho tragarse su sable. Pero claro, eso les gusta a todos...

PAULA. Es verdad... Eso les gusta a todos... ¿Entonces, todos, en su familia, han sido artistas de circo?

DIONISIO. Sí. Todos. Menos la abuelita. Como estaba tan vieja, no servía. Se caía siempre del caballo... Y todo el día se pasaban los dos discutiendo...

PAULA. ¿El caballo y la abuelita?

DIONISIO. Sí. Los dos tenían un genio terrible... Pero el caballo decía muchas más picardías...

PAULA. Nosotras somos cinco. Cinco *girls*. Vamos con Buby Barton hace ya un año. Y también con nosotros viene madame Olga, la mujer de las barbas. Su número gusta mucho. Hemos llegado esta tarde para *debutar* mañana. Los demás, después de cenar, se han quedado en el café que hay abajo... Esta población es tan triste... No hay adónde ir y llueve siempre... Y a mí el plan del café me aburre... Yo no soy una muchacha como las demás... Y me subí a mi cuarto para tocar un poco mi gramófono... Yo adoro la música de los gramófonos... Pero detrás subió mi novio, con una botella de licor, y me quiso hacer beber, porque él bebe siempre... Y he reñido por eso... y por otra cosa, ¿sabe? No me gusta que él beba tanto...

DIONISIO.   Hace mucho daño para el hígado... Un señor que yo conocía...

BUBY.   *(Dentro.)* ¡Abre!

PAULA.   ¡No! ¡Y no le abro! Ahora me voy a sentar para que se fastidie. *(Se sienta en la cama.)* ¿No le molestaré?

DIONISIO.   Yo creo que no.

PAULA.   Ahora que sé que es usted un compañero, ya no me importa estar aquí... (BUBY *golpea la puerta.*) Debe de estar furioso... Debe de estar ciego de furor...

DIONISIO.   *(Miedoso.)* Yo creo que le debíamos abrir, oiga...

PAULA.   No. No le abrimos.

DIONISIO.   Bueno.

PAULA.   Siempre estamos peleando.

DIONISIO.   ¿Hace mucho tiempo que son ustedes novios?

PAULA.   No. No sé. Dos días. Dos días o tres. A mí no me gusta. Pero se aburre una tanto en estos viajes por provincias... El caso que es simpático, pero cuando bebe o cuando se enfada se pone hecho una fiera... Da miedo verle.

DIONISIO.   *(Muy cobarde.)* Le voy a abrir ya, oiga...

PAULA.   No. No le abrimos.

DIONISIO.   Es que después va a estar muy enfadado y la va a tomar conmigo...

PAULA.   Que esté. No me importa.

DIONISIO.   Pero es que a lo mejor, por hacer esto, le reñirá a usted su mamá.

PAULA.   ¿Qué mamá?

DIONISIO.   La suya.

PAULA.   ¿La mía?

DIONISIO.   Sí. Su papá o su mamá.

PAULA.   Yo no tengo papá ni mamá.

DIONISIO.   Pues sus hermanos.

PAULA.   No tengo hermanos.

DIONISIO.   Entonces, ¿con quién viaja usted? ¿Va usted sola con su novio y con esos señores?

PAULA.   Sí. Claro. Voy sola. ¿Es que yo no puedo ir sola?

DIONISIO.   A mí, allá cuentos...

BUBY.   (Dentro, ya rabioso.) ¡Abre, abre y abre!

PAULA.   Le voy a abrir ya. Está demasiado enfadado.

DIONISIO.   (Más cobarde aún.) Oiga. Yo creo que no le debía usted abrir...

PAULA.   Sí. Le voy a abrir. (Abre la puerta y entra BUBY, un bailarín negro, con un ukelele en la mano.) ¡Ya está! ¿Qué hay? ¿Qué pasa? ¿Qué quieres?

BUBY.   Buenas noches.

DIONISIO.   Buenas noches.

PAULA.   (Presentando.) Este señor es malabarista.

BUBY.   ¡Ah! ¡Es malabarista!

PAULA.   Debuta también mañana en el Nuevo Music-Hall... Su papá se traga el sable...

DIONISIO.   Perdone que no le dé la mano... (Por los sombreros, con los que sigue en la misma actitud.) Como tengo esto..., pues no puedo.

BUBY.   (Displicente.) ¡Un compañero! ¡Entra dentro, Paula!...

PAULA.   ¡No entro, Buby!

BUBY.   ¿No entras, Paula?

PAULA.   No entro, Buby.

BUBY.   Pues yo tampoco entro, Paula.

(Se sientan en la cama, uno a cada lado de
DIONISIO, *que también se sienta y que cada vez*
está más azorado. BUBY *empieza a silbar una*
canción americana, acompañándose con su uke-
lele [6]. PAULA *le sigue, y también* DIONISIO. *Aca-*
ban la pieza. Pausa.) [7].

DIONISIO.   *(Para romper, galante, el violento si-*
lencio.) ¿Y hace mucho tiempo que es usted negro?
BUBY.   No sé. Yo siempre me he visto así en la
luna de los espejitos..
DIONISIO.   ¡Vaya por Dios! ¡Cuando viene una
desgracia nunca viene sola! ¿Y de qué se quedó usted
así? ¿De alguna caída?...
BUBY.   Debió de ser eso, señor...
DIONISIO.   ¿De una bicicleta?
BUBY.   De eso, señor...
DIONISIO.   ¡Como que a los niños no se les debe
comprar bicicletas! ¿Verdad, señorita? Un señor que
yo conocía...
PAULA.   *(Que, distraída, no hace caso a este diá-*
logo.) Este cuarto es mejor que el mío...
DIONISIO.   Sí. Es mejor. Si quiere usted lo cam-
biamos. Yo me voy al suyo y ustedes se quedan aquí.
A mí no me cuesta trabajo... Yo recojo mis cuatro
trapitos... Además de ser más grande, tiene una vista
magnífica. Desde el balcón se ve el mar... Y en el mar
tres lucecitas... El suelo también es muy mono...
¿Quieren ustedes mirar debajo de la cama?...
BUBY.   *(Seco.)* No.

---

[6] *Ukelele:* instrumento músical exótico, común en las islas del
Pacífico.
[7] La relación entre los personajes es siempre de una absurda
familiaridad, o de un enfrentamiento absurdamente infantil, pero no
hay ni ofensas graves ni halagos extremos: todo es posible, sin
más. Los personajes aceptan la lógica de lo ilógico que plantea
Mihura.

DIONISIO. Anden. Miren debajo de la cama. A lo mejor encuentran otra bota... Debe de haber muchas...

PAULA. *(Que sigue distraída y sin hacer mucho caso de lo que dice* DIONISIO, *siempre azoradísimo.)* Haga usted algún ejercicio con los sombreros. Así nos distraeremos. A mí me encantan los malabares...

DIONISIO. A mí también. Es admirable eso de tirar las cosas al aire y luego cogerlas... Parece que se van a caer y luego resulta que no se caen... ¡Se lleva uno cada chasco!

PAULA. Ande. Juegue usted.

DIONISIO. *(Muy extrañado.)* ¿Yo?

PAULA. Sí. Usted.

DIONISIO. *(Jugándose el todo por el todo.)* Voy. *(Se levanta. Tira los sombreros al aire y, naturalmente, se caen al suelo, en donde los deja. Y se vuelve a sentar.)* Ya está.

PAULA. *(Aplaudiendo.)* ¡Oh! ¡Qué bien! ¡Déjeme probar a mí! Yo no he probado nunca. *(Coge los sombreros del suelo.)* ¿Es difícil? ¿Se hace así? *(Los tira al aire.)* ¡Hoop!

(Y se caen.)

DIONISIO. ¡Eso! ¡Eso! ¡Ha aprendido usted en seguida! *(Recoge del suelo los sombreros y se los ofrece a* BUBY.) ¿Y usted? ¿Quiere jugar también un poco?

BUBY. No. *(Y suena el timbre del teléfono.)* ¿Un timbre?

PAULA. Sí. Es un timbre.

DIONISIO. *(Desconcertado.)* Debe de ser visita.

BUBY. No. Es aquí dentro. Es el teléfono.

DIONISIO. *(Disimulando, porque él sabe que es su novia.)* ¿El teléfono?

PAULA. Sí.

DIONISIO. ¡Qué raro! Debe de ser algún niño que está jugando y por eso suena...

PAULA. Mire usted quién es.

DIONISIO.   No. Vamos a hacerle rabiar.

PAULA.   ¿Quiere usted que mire yo?

DIONISIO.   No. No se moleste. Yo lo veré. *(Mira por el auricular.)* No se ve a nadie.

PAULA.   Hable usted.

DIONISIO.   ¡Ah! Es verdad. *(Habla fingiendo la voz.)* ¡No! ¡No!

(Y cuelga.)

PAULA.   ¿Quién era?

DIONISIO.   Nadie. Era un pobre.

PAULA.   ¿Un pobre?

DIONISIO.   Sí. Un pobre. Quería que le diese diez céntimos. Y le he dicho que no.

BUBY.   *(Se levanta, ya indignado.)* Paula, vámonos a nuestro cuarto.

PAULA.   ¿Por qué?

BUBY.   Porque me da la gana a mí.

PAULA.   *(Descarada.)* ¿Y quién eres tú?

BUBY.   Soy quien tiene derecho a decirte eso. Entra dentro ya de una vez. Esto se ha acabado. Esto no puede seguir así más tiempo...

PAULA.   *(En pie, declamando, frente a* BUBY, *y cogiendo en medio a* DIONISIO, *que está fastidiadísimo.)* ¡Y es verdad! Estoy ya harta de tolerarte groserías... Eres un negro insoportable, como todos los negros. Y te aborrezco... ¿Me comprendes? Te aborrezco... Y esto se ha acabado... No te puedo ver... No te puedo aguantar...

BUBY.   Yo, en cambio, a ti te adoro, Paula... Tú sabes que te adoro y que conmigo no vas a jugar... ¡Tú sabes que te adoro, flor de la chirimoya!...

PAULA.   ¿Y qué? ¿Tú crees que yo puedo enamorarme de ti? ¿Es que tú crees que yo puedo enamorarme de un negro? No, Buby. Yo no podré enamorarme de ti nunca... Hemos sido novios algún tiempo... Ya es bastante. He sido novia tuya por lástima... Porque te veía triste y aburrido... Porque

95

eres negro... Porque cantabas esas tristes canciones de la plantación... Porque me contabas que de pequeño te comían los mosquitos, y te mordían los monos, y tenías que subirte a las palmeras y a los cocoteros... Pero nunca te he querido, ni nunca te podré querer... Debes comprenderlo... ¡Quererte a ti! Para eso querría a este caballero, que es más guapo... A este caballero, que es una persona educada... A este caballero, que es blanco...

BUBY. *(Con odio.)* ¡Paula!

PAULA. *(A DIONISIO.)* ¿verdad, usted, que de un negro no se puede enamorar nadie?

DIONISIO. Si es honrado y trabajador...

BUBY. ¡Entra dentro!

PAULA. ¡No entro! *(Se sienta.)* ¡No entro! ¿Lo sabes? ¡No entro!

BUBY. *(Sentándose también.)* Yo esperaré a que tú te canses de hablar con el rostro pálido...

(Nueva pausa violenta.)

DIONISIO. ¿Quieren ustedes que silbemos otra cosita? También sé *Marina.*

FANNY. *(Dentro.)* ¡Paula! ¿Dónde estáis? *(Se asoma por la puerta de la izquierda.)* ¿Qué hacéis aquí? *(Entra. Es otra alegre muchacha del «ballet».)* ¿Qué os pasa? *(Y nadie habla.)* Pero ¿qué tenéis? ¿Qué os sucede? ¿Ya habéis regañado otra vez...? Pues sí que lo estáis pasando bien... En cambio, nosotras, estamos divertidísimas... Hay unos señores abajo, en el café, que nos quieren invitar ahora a unas botellas de champaña... Las demás se han quedado abajo con ellos y con madame Olga, y ahora subirán y cantaremos y bailaremos hasta la madrugada... ¿No habláis? Pues si que estáis aviados... *(Por DIONISIO.)* ¿Quién es este señor...? ¿No oís? ¿Quién es este señor...?

PAULA. No sé.

FANNY. ¿No sabes?

PAULA. *(A DIONISIO.)* ¡Dígale usted quién es!

DIONISIO. *(Levantándose.)* Yo soy Antonini...

FANNY. ¿Cómo está usted?

DIONISIO. Bien. ¿Y usted?

PAULA. Es malabarista. Debuta también mañana en el Nuevo Music-Hall.

FANNY. Bueno..., pero a vosotros, ¿qué os pasa?

PAULA. No nos pasa nada.

FANNY. Vamos. Decídmelo. ¿Qué os pasa?

PAULA. Que te lo explique este señor.

FANNY. Explíquemelo usted...

DIONISIO. Si yo lo sé contar muy mal...

FANNY. No importa.

DIONISIO. Pues nada... Es que están un poco disgustadillos... Pero no es nada. Es que este negro es un idiota...

BUBY. *(Amenazador.)* ¡Petate!

DIONISIO. No. Perdone usted. Si es que me he equivocado... No es un idiota.. Es que como es negro, pues tiene su geniecillo... Pero el pobre no tiene la culpa... Él, ¿qué le va hacer, si se cayó de una bicicleta?... Peor hubiera sido haberse quedado manquito... Y la señorita ésta se lo ha dicho... y, ¡bueno!, se ha puesto que ya, ya...

FANNY. ¿Y qué más?

DIONISIO. No; si ya se ha acabado...

FANNY. Total, que siempre estáis lo mismo... Tú eres tonta, Paula[8].

PAULA. *(Se levanta, descarada.)* ¡Pues si soy tonta, mejor!

(Y hace mutis por la izquierda.)

FANNY. La culpa la tienes tú, Buby, por ser tan grosero...

---

[8] Dionisio ha debido explicar a Fanny algo que él no sabe, pero que ella sí que conoce bien, sin embargo, uno y otro siguen sin inmutarse el juego de los despropósitos. Dionisio ha caído en la red de la fantástica historia de los cómicos. No puede resistirse.

BUBY. *(El mismo juego.)* ¡Pues si soy grosero, mejor!

(Y también se va por la izquierda.)

FANNY. *(A* DIONISIO.*)* Pues entonces yo también me voy a marchar...

DIONISIO. Pues si se va usted a marchar, mejor...

FANNY. *(Cambia de idea y se sienta en la cama y saca un cigarrillo de su bolso.)* ¿Tiene usted una cerilla?

DIONISIO. Sí.

FANNY. Démela.

DIONISIO. *(Que está azorado y distraído, se mete la mano en el bolsillo y, sin darse cuenta, en vez de darle las cerillas le da la bota.)* Tome.

FANNY. ¿Qué es esto?

DIONISIO. *(Más azorado todavía.)* ¡Ah! Perdone. Esto es para encender. Las cerillas las tengo aquí. *(Enciende una cerilla en la suela de la bota.)* ¿Ve usted? Se hace así. Es muy práctico. Yo siempre lo llevo, por eso... ¡Dónde esté una bota que se quiten esos encendedores!...

FANNY. Siéntese aquí.

DIONISIO. *(Sentándose a su lado en la cama.)* Gracias. *(Ella fuma* DIONISIO *la mira, muy extrañado.)* ¿También lo sabe usted echar por la nariz?

FANNY. Sí.

DIONISIO. *(Entusiasmado.)* ¡Qué tía!

FANNY. ¿Qué le parecen a usted estos dos?

DIONISIO. Que son muy guapos.

FANNY. ¿Verdad usted que sí, Tonini? *(Y, cariñosamente, le empuja para atrás.* DIONISIO *cae de espaldas sobre la cama, con las piernas en alto. La cosa le molesta un poco, pero no dice nada. Y vuelve a sentarse.)* Ella no le quiere... Pero él, sí... Él la quiere a su manera, y los negros quieren de una manera muy pasional... Buby la quiere... Y con Buby no se puede andar jugando, porque cuando bebe, es malo... Paula ha hecho mal en meterse en esto. *(Se fija en un pañuelo que lleva* DIONISIO *en el bolsillo alto del pijama.)* Es bonito este pañuelo. *(Lo coge.)* Para mí, ¿verdad?...

DIONISIO. ¿Está usted acatarrada?

FANNY. No. ¡Es que me gusta! *(Y le da otro empujón, cayendo* DIONISIO *en la misma ridícula postura. Esta vez la broma le molesta más, pero tampoco dice nada.)* Paula no es como yo... Yo soy mucho más divertida... Si me gusta un hombre, se lo digo... Cuando me deja de gustar, se lo digo también... ¡Yo soy más frescales, hijo de mi vida! ¡Ay, qué requetefrescales soy! *(Mira los ojos de* DIONISIO *fijamente.)* Oye, tienes unos ojos muy bonitos...

DIONISIO. *(Siempre despistado.)* ¿En dónde?

FANNY. ¡En tu carita, *salao*!

> *(Y le da otro empujón.* DIONISIO *esta vez reacciona rabioso, como un niño, y dice ya, medio llorando.)*

DIONISIO. ¡Como me vuelva usted a dar otro empujón, maldita sea, le voy a dar a usted una bofetada, maldita sea, que se va usted a acordar de mí, maldita sea!...

FANNY. ¡Ay, hijo! ¡Qué genio! ¿Y debuta usted también mañana con nosotros?

DIONISIO. *(Enfadado.)* Sí.

FANNY. ¿Y qué hace usted?

DIONISIO. Nada.

FANNY. ¿Nada?

DIONISIO. Muy poquito... Como empiezo ahora, pues claro..., ¿qué voy a hacer?

FANNY. Pero algo hará usted... Dígamelo...

DIONISIO. Pero si es una tontería... Verá usted... Pues primero, va y toca la música un ratito... Así... ¡Parapapá, parapapá, parapapá...! Y entonces, entonces, voy yo, y salgo... y se calla la música... *(Ya todo muy rápido y haciéndose un lío.)* Y ya no hace parapá

ni nada. Y yo voy, voy yo, salgo y hago ¡hoop...! Y
hago ¡hoop...! Y en seguida me voy, y me meto
dentro... Y ya se termina...

FANNY. Es muy bonito...

DIONISIO. No vale nada...

FANNY. ¿Y gusta su número?

DIONISIO. ¡Ah! Eso yo no lo sé...

FANNY. Pero ¿le aplauden?

DIONISIO. Muy poco... Casi nada... Como está
todo tan caro...

FANNY. Eso es verdad... *(Suena el timbre del
teléfono.)* ¿Un timbre? ¿El teléfono?

DIONISIO. Sí. Es un pobre...

FANNY. ¿Un pobre? ¿Y cómo se llama?

DIONISIO. Nada. Los pobres no se llaman nada...

FANNY. Pero ¿y qué quiere?

DIONISIO. Quiere que yo le dé pan. Pero yo no
tengo pan, y por eso no puedo dárselo... ¿Usted tiene
pan?

FANNY. Voy a ver... *(Mira en su bolso.)* No,.
Hoy no tengo pan.

DIONISIO. Pues entonces, ¡anda y que se fastidie!

FANNY. ¿Quiere usted que le diga que Dios le
ampare?

DIONISIO. No. No se moleste. Yo se lo diré. *(Con
voz fuerte, desde la cama.)* ¡Dios le ampare!

FANNY. ¿Le habrá oído?

DIONISIO. Sí. Los pobres estos lo oyen todo.

*(Y por la puerta de la izquierda, de calle, y
con paquetes y botellas, entran TRUDY, CAR-
MELA y SAGRA, que son tres alegres y aloca-
das «girls» del «ballet» de BUBY BARTON.)*

SAGRA. *(Aún dentro.)* ¡Fanny! ¡Fanny!

CARMELA. *(Ya entrando con las otras.)* Ya estamos aquí.

TRUDY. ¡Y traemos pasteles!

SAGRA. ¡Y jamón!

CARMELA. ¡Y vino!

TRUDY. ¡Y hasta una tarta con *biscuit!*

LAS TRES. ¡Laralí! ¡Laralí!

SAGRA. ¡El señor del café nos ha convidado...!

(Empiezan a dejar los paquetes y los abrigos encima del sofá.)

CARMELA. ¡Y pasaremos el rato reunidos aquí!

TRUDY. ¡Ha encargado ostras...!

SAGRA. ¡... Y champán del caro...!

CARMELA. ... Y hasta se ha enamorado de mí...

LAS TRES. ¡Laralí! ¡Laralí!

TRUDY. *(Indicando la habitación de la izquierda.)* ¡En ese cuarto dejamos más cosas!

SAGRA. ¡Todo lo prepararemos allí!

CARMELA. ¡Toma estos paquetes!

(Le da unos paquetes.)

TRUDY. ¡Ayúdanos! ¡Anda!

FANNY. *(Alegre, con los paquetes, haciendo mutis por la izquierda.)* ¿Nos divertiremos?

SAGRA. ¡Nos divertiremos!

CARMELA. ¡Verás cómo sí!

LAS TRES. ¡Laralí! ¡Laralí!

TRUDY. *(Fijándose en los sombreros de copa, que* DIONISIO *dejó en la mesita.)* ¡Mirad qué sombreros!

SAGRA. ¡Son de este señor!

CARMELA. ¡Es el malabarista que Paula nos dijo!

TRUDY. ¿Jugamos con ellos?

SAGRA. *(Tirándolos al alto.)* ¡Arriba! ¡Alay!

CARMELA. ¡Hoop!

(Los sombreros se caen al suelo y las tres muchachas idiotas, riéndose siempre, se van por la puerta de la izquierda. DIONISIO, *que con estas cosas está muy triste, aprovecha que se ha quedado solo y, muy despacito, va y cierra la puerta que las chicas dejaron abierta.*

101

Después va a recoger los sombreros, que están en el suelo. Se le caen y, para mayor comodidad, se pone uno en la cabeza. En este momento dan unos golpecitos en la puerta del foro.)

DON ROSARIO. *(Dentro.)* ¡Don Dionisio! ¡Don Dionisio!

DIONISIO. *(Poniendo precipitadamente los dos sombreros en la mesita.)* ¿Quién?

DON ROSARIO. ¡Soy yo, don Rosario!

DIONISIO. ¡Ah! ¡Es usted!

(Y se acuesta, muy de prisa, metiéndose entre las sábanas y conservando su sombrero puesto.)

DON ROSARIO. *(Entrando con su cornetín.)* ¿No duerme usted? Me he figurado que sus vecinos de cuarto no le dejarían dormir. Son muy malos y todo lo revuelven...

DIONISIO. No he oído nada... Todo está muy tranquilo...

DON ROSARIO. Sin embargo, yo, desde abajo, oigo sus voces... Y usted necesita dormir. Mañana se casa usted. Mañana tiene usted que hacer feliz a una virtuosa señorita... Yo voy a tocar mi cornetín y usted se dormirá... Yo voy a tocar «La serenata de Toselli»...

(Y, en pie, frente a la cama, de cara a DIONISIO y de espaldas al público, toca, ensimismado en su arte. A poco, FANNY abre la puerta de la izquierda y entra derecha a recoger unos paquetes del sofá. Cruza la escena por el primer término, o sea, por detrás de DON RO-SARIO, que no la ve. Coge los paquetes y da la vuelta para irse por el mismo camino. Pero en esto, se fija en DON ROSARIO y le pregunta a DIONISIO, que la está mirando):

102

FANNY.   ¿Quién es ése?

DIONISIO.   *(Muy bajito, para que no le oiga* DON ROSARIO.*)* Es el pobre...

FANNY.   Qué pesado, ¿verdad...?

DIONISIO.   Sí. Es muy pesado.

FANNY.   Hasta luego.

(Y hace mutis por la izquierda.)

DIONISIO.   Adiós[9].

(Al poco tiempo, entra y cruza la escena, del mismo modo que FANNY, *y con el mismo objeto,* EL ODIOSO SEÑOR, *que lleva puesto un sombrero hongo. Cuando ya ha cogido un paquete y va a marcharse, ve a* DIONISIO *y le saluda, muy fino, quitándose el sombrero.)*

EL ODIOSO SEÑOR.   ¡Adiós!

DIONISIO.   *(Quitándose también el sombrero para saludar.)* Adiós. Buenas noches.

(Hace mutis EL ODIOSO SEÑOR. *En seguida entra y hace el mismo juego* MADAME OLGA, *la mujer de las barbas.)*

MADAME OLGA.   *(Al irse, muy cariñosa, a* DIONISIO.*)* Yo soy madame Olga...

---

[9] Los acontecimientos se han acumulado en un muy corto espacio de tiempo: los actores del *music-hall* han invadido la habitación, suena insistentemente el teléfono, Buby y Paula se pelean... Dionisio se siente gozasamente arrastrado a un mundo insólito. Don Rosario, sin embargo, volverá a aparecer en el momento más inoportuno. No es extraño que Dionisio lo identifique con el *pobre*, para disimular; *pobre* que, a su vez, ha sido una invención del propio protagonista para desviar la atención de los cómicos ante la llamada de la novia. Don Rosario y el *pobre* coinciden en la expresión de Fanny: «¡Qué pesado!» Por otra parte, el espectador asiste al doble juego teatral, aunque don Rosario siga totalmente ajeno a lo que sucede.

DIONISIO. ¡Ah!
MADAME OLGA. Ya sé que es usted artista...
DIONISIO. Sí...
MADAME OLGA. Vaya, pues me alegro...
DIONISIO. Muchas gracias...
MADAME OLGA. Hasta otro ratito...
DIONISIO. ¡Adiós!

(MADAME OLGA *hace mutis y cierra la*
puerta. DIONISIO *cierra los ojos haciéndose el*
dormido. DON ROSARIO *termina en este mo-*
mento su pieza y deja de tocar. Y mira a
Dionisio.)

DON ROSARIO. Se ha dormido... Es un ángel... Él
soñará con ella... Apagaré la luz... (*Apaga la luz del*
centro y enciende el enchufe de la mesita de noche.
Después se acerca a DIONISIO *y le da un beso en la*
frente.) ¡Duerme como un pajarito!

(*Y muy de puntillas, se va por la puerta del*
foro y cierra la puerta. Pero ahora suena el
timbre del teléfono. DIONISIO *se levanta co-*
rriendo y va hacia él.)

DIONISIO. ¡Es Margarita...!

(*Pero la puerta de la izquierda se abre nue-*
vamente, y PAULA *se asoma, quedándose junto*
al quicio. DIONISIO *ya abandona su ida al*
teléfono.)

PAULA. ¿No entra usted?
DIONISIO. No.
PAULA. Entre usted... Le invitamos. Se dis-
traerá...
DIONISIO. Tengo sueño... No...
PAULA. De todos modos, no le vamos a dejar
dormir...

(Por el rumor de alegría que hay dentro.)

DIONISIO.   Estoy cansado...

PAULA.   Entre usted... Se lo pido yo... Sea usted simpático... Está ahí Buby, y me molesta Buby. Si entra usted, ya es distinto... Estando usted yo estaré contenta... ¡Yo estaré contenta con usted...! ¿Quiere?

DIONISIO.   *(Que siempre es el mismo muchacho sin voluntad.)* Bueno.

(Y va hacia la puerta. Entran los dos. Cierran. Y el timbre del teléfono sigue sonando unos momentos, inútilmente.) [10].

TELÓN

---

[10] Para abordar la crítica teatral de esa realidad, Mihura ha elegido aquellas situaciones habituales, vulgares, de la vida diaria, y las ordena de forma distinta. No destruye el discurso verbal, en este orden de cosas su lógica es aplastante, la sintaxis violentada es la de los hechos. Así se descubre, por sí sola, la falacia de los comportamientos sociales.

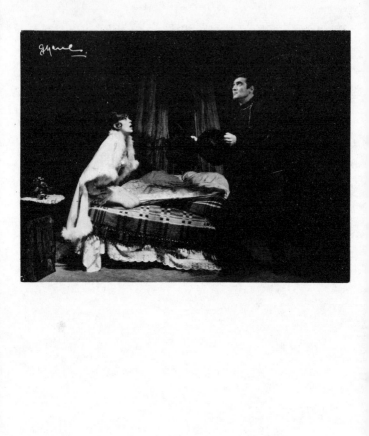

Pero el resto la darían nunca de tan realidad. Sintió la crispada rebeldía suprema de los humanos, vulneraría a la vida diaria y las normas de la ru tinaria. No sostiene la mágico verdad, sino verdes de esse su tapeja explastasela la traira y violencia et la de las noches. Ver que la brillía por si sola la humana de las conquistadoras noches.

ACTO SEGUNDO

La misma decoración. Han transcurrido dos horas y hay un raro ambiente de juerga. La puerta de la izquierda está abierta y dentro suena la música de un gramófono que nos hace oír una java[11] francesa con acordeón marinero. Los personajes entran y salen familiarmente por esta puerta, pues se supone que la cuchipanda se desenvuelve, generosamente, entre los dos cuartos. La escena está desordenada. Quizá haya papeles por el suelo. Quizá haya botellas de licor. Quizá haya, también, latas de conserva vacías. Hay muchos personajes en escena. Cuantos más veamos, más divertidos estaremos. La mayoría son viejos extraños que no hablan. Bailan solamente, unos con otros, o quizá, con alegres muchachas que no sabemos de dónde han salido, ni nos debe importar demasiado. Entre ellos hay un viejo lobo de mar vestido de marinero... Hay un indio con turbante, o hay un árabe. Es, en fin, un coro absurdo y extraordinario que ambientará unos minutos la escena, ya que, a los pocos momentos de levantarse el telón, irán desapareciendo, poco a poco, por la puerta de la izquierda. También, entre estos señores, están en escena los personajes principales. Buby, echado en la cama, templa monótonamente su ukelele. El odioso señor, apoyado en el quicio de la puerta izquierda, mira a

---

[11] *Java:* baile de origen francés, especial interpretación del vals.

Paula con voluptuosidad. Paula baila con Dionisio. Fanny, con El anciano militar, completamente calvo y con la pechera de su uniforme llena de condecoraciones y cruces. Sagra baila con El cazador astuto que, pendientes del cinto, lleva cuatro conejos, cada cual con una pequeña etiqueta, en la que es posible que vaya marcado el precio. Madame Olga, en bata y zapatillas, hace labor sentada en el diván. A su lado, en pie, El guapo muchacho, con una botella de coñac en la mano, la invita de cuando en cuando a alguna copa, mirándola constantemente con admiración y respeto provincianos... [12].

(*Se ha levantado el telón. El coro, siempre bailando sobre la música, ha ido evolucionando hasta desaparecer por la puerta de la izquierda.*)

SAGRA. (*Hablando mientras baila.*) ¿Y hace mucho tiempo que cazó usted esos conejos?

EL CAZADOR ASTUTO. (*Borracho, pero correcto siempre.*) Sí, señorita. Hace quince días que los pesqué. Pero estoy siempre tan ocupado que no consigo tener ni cinco minutos libres para comérmelos... Siempre que pesco conejos, me pasa igual...

SAGRA. Yo, para trabajar, tengo un vestido parecido al suyo. Solamente que, en lugar de llevar colgados esos bichos, llevó plátanos. Hace más bonito...

EL CAZADOR ASTUTO. Yo no consigo pescar nunca plátanos. Yo sólo consigo pescar conejos.

---

[12] La invasión del espacio de Dionisio, desquiciada y delirante, produce una situación desquiciada y delirante también. Se supera incluso la propia ficción teatral: hay personajes en estos primeros instantes que no pertenecen a la anécdota. Por otra parte, el ritmo —frente a la tranquilidad inicial— se acelera cada vez más; la abundancia imaginativa y libre sustituye a la pobre soledad encerrada y monótona. Y el explorador aparecerá, más tarde, borracho, debajo de la cama; la pareja que forman Trudy y el romántico enamorado aparecerá dentro del armario, haciendo el amor...

SAGRA. Pero ¿los conejos se cazan o se pescan?

EL CAZADOR ASTUTO. *(Más correcto que nunca.)* Eso depende de la borrachera que tenga uno, señorita...

SAGRA. ¿Y no le molestan a usted para bailar?

EL CAZADOR ASTUTO. Atrozmente, señorita. Con su permiso, voy a tirar uno al suelo...

(Desprende un conejo del cinturón y lo deja caer en el suelo.)

SAGRA. Encantada.

(Siguen bailando, y el sitio que ocupaban lo ocupan ahora EL ANCIANO MILITAR *y* FANNY.)

EL ANCIANO MILITAR. Le aseguro, señorita, que jamás olvidaré esta noche tan encantadora. ¿No me dice usted nada?

FANNY. Ya le he dicho que yo lo que quiero es que me regale usted una cruz...

EL ANCIANO MILITAR. Pero es que estas cruces yo no las puedo regalar, caramba...

FANNY. ¿Y para qué quiere usted tanta cruz?

EL ANCIANO MILITAR. Las necesito yo, caramba.

FANNY. Pues yo quiero que me regale usted una cruz...

EL ANCIANO MILITAR. Es imposible, señorita. No tengo inconveniente en regalarle un sombrero, pero una cruz, no. También puedo regalarle un aparato de luz para el comedor...

FANNY. Ande usted, tonto. Que tiene una cabeza que parece una mujer bañándose...

EL ANCIANO MILITAR. ¡Oh, qué repajolera[13] gracia tiene usted, linda señorita...!

---

[13] *Repajolera:* expresión popular para expresar picardía y desparpajo.

(Como durante todo el diálogo han estado bailando, ahora EL ANCIANO MILITAR *tropieza con el conejo que tiró el cazador y de un puntapié, lo manda debajo de la cama.)*

FANNY. ¿Eh? ¿Qué es eso?
EL ANCIANO MILITAR. No, nada. ¡El gato!

(Y siguen bailando, hasta desaparecer por la izquierda.)

MADAME OLGA. ¡Oh! ¡Yo soy una gran artista! Me he exhibido en todos los circos de todas las ciudades... Junto al viejo oso, junto a la cabra triste, junto a los niños descoyuntados... *Great atraction!* [14] ¡Yo soy una grande artista...!
EL GUAPO MUCHACHO. Sí, señor... Pero ¿por qué no se afeita usted la barba?
MADAME OLGA. Mi marido, monsieur Durand, no me lo hubiese consentido nunca... Mi marido era un hombre muy bueno, pero de ideas antiguas... ¡Él no pudo resistir nunca a esas mujeres que se depilan las cejas y se afeitan el cogote...! Siempre lo decía el pobre: «¡Esas mujeres que se afeitan me parecen hombres!»
EL GUAPO MUCHACHO. Sí, señor... Pero por lo menos se podía usted teñir de rubio... ¡Donde esté una mujer con una buena barba rubia...!
MADAME OLGA. ¡Oh! Mi marido, monsieur Durand, tampoco lo habría consentido. A él sólo le gustaban las bellas mujeres con barba negra... Tipo español, ¿no? *¡Andalusa!* ¡Gitana! ¡Viva tu padrrre! Dame otra copa.
EL GUAPO MUCHACHO. ¿Y su marido también era artista?

---

[14] *Great atraction:* exclamación circense o propagandística que indica las pretensiones de excelente espectáculo que tiene el pobre *show* de Mme. Olga.

MADAME OLGA. ¡Oh, él tuvo una gran suerte...!
Tenía cabeza de vaca y cola de cocodrilo... Ganó una
fortuna... Pero ¿y esa copa?

EL GUAPO MUCHACHO. *(Volcando la botella, que
ya está vacía.)* No hay más.

MADAME OLGA. *(Levantándose.)* Entonces vamos por otra botella...

EL GUAPO MUCHACHO. *(Galante.)* ¿Me da usted el
brazo, patitas de *bailaora*?

MADAME OLGA. Encantada.

(Y, del brazo, hacen mutis por la izquierda.)

DIONISIO. *(Bailando con* PAULA.*)* Señorita... Yo
necesito saber por qué estoy yo borracho...

PAULA. Usted no está borracho, Toninini...

(Dejan de bailar.)

DIONISIO. Yo necesito saber por qué me llama
usted a mí Toninini...

PAULA. ¿No hemos quedado en que yo le llame a
usted Toninini? Es muy divertido ese nombre, ¿verdad?

DIONISIO. *Oui.*

PAULA. ¿Por qué dice usted *oui*?

DIONISIO. Señorita..., también yo quisiera saber
por qué digo *oui*... Yo tengo mucho miedo, señorita...

PAULA. ¡Es usted un chico maravilloso!

DIONISIO. ¡Pues usted tampoco es manca, señorita!

PAULA. ¡Qué cosas tan especiales dice usted...!

DIONISIO. ¡Pues usted tampoco se chupa el
dedo...!

EL ODIOSO SEÑOR. *(Acercándose a* DIONISIO.*)*
¿Está usted cansado?

DIONISIO. ¿Yo?

EL ODIOSO SEÑOR. ¿Me permite usted dar una
vuelta con esta señorita?

PAULA. *(Grosera.)* ¡No!

EL ODIOSO SEÑOR. Yo soy el señor más rico de toda la provincia... ¡Mis campos están llenos de trigo!

PAULA. ¡No! ¡No y no!

> *(Y se marcha por la puerta de la izquierda.
> DIONISIO se sienta en el sofá, medio dormido.
> Y el señor se va detrás de PAULA.)*

EL CAZADOR ASTUTO. *(Siempre bailando.)* Señorita... ¿me permite usted que tire otro conejo al suelo?

SAGRA. Encantada, caballero.

EL CAZADOR ASTUTO[15]. *(tirándolo esta vez debajo de la cama.)* Muchas gracias, señorita.

> *(Y también se van bailando por la izquierda.
> Ya en la habitación sólo han quedado BUBY,
> en la cama, y DIONISIO, que habla sobre la
> música del disco que sigue girando dentro.)*

DIONISIO. Yo estoy borracho... Yo no quiero beber... Mi cabeza zumba... Todo da vueltas a mi alrededor... ¡Pero soy feliz! ¡Yo nunca he sido tan feliz...! ¡Yo soy el caballo blanco del gran Circo Principal! *(Se levanta y da unos pasos haciendo el caballo.)* Pero mañana... mañana. *(De pronto, fijándose en BUBY.)* ¿Tú tienes algo interesante que hacer mañana...? Yo, sí... ¡Yo voy a una fiesta! ¡A una gran fiesta con flores, con música, con niñas vestidas de blanco..., con viejas vestidas de negro...! Con mona-

---

[15] Los nombres sólo los tienen los personajes que encarnan la *verdad;* los explotadores y los hipócritas sólo son sus máscaras, sus epítetos: Buby (falso negro, además), don Sacramento y don Rosario (el mundo de la rutina y lo aprendido a la fuerza), El odioso señor, El cazador astuto, El romántico enamorado, El anciano militar (tratan de sacar provecho de la situación, pero son desbordados por ella).

guillos..., con muchos monaguillos... ¡Con un millón de monaguillos! *(Debajo de la cama suena una voz de hombre, que canta «Marcial, tú eres el más grande...»* DIONISIO *se agacha, levanta la colcha y dice, mirando debajo de la cama.)* ¡Caballero, haga el favor de salir de ahí! *(Y* EL ALEGRE EXPLORADOR *sale, muy serio, con una botella en la mano, y se va por la lateral izquierda.)* Y luego, un tren... Y un beso... Y una lágrima de felicidad... ¡Y un hogar! ¡Y un gato! ¡Y un niño...! Y luego, otro gato... Y otro niño... ¡Y un niño...! Y otro niño... ¡Yo no quiero emborracharme...! ¡Yo la quiero...! *(Se para frente al armario. Escucha. Lo abre y les dice a* TRUDY *y a* EL ROMÁNTICO ENAMORADO, *que están dentro haciéndose el amor.)* ¡Hagan el favor de salir de ahí! *(Y la pareja de enamorados salen cogidos del brazo y se van, muy amartelados, por la izquierda, deshojando una margarita.)* ¡Yo necesito saber por qué hay tanta gente en mi habitación! ¡Yo quiero que me digan por qué está este señor negro acostado en mi cama! ¡Yo no sé por qué ha entrado el negro aquí ni por qué ha entrado la mujer barbuda...!

PAULA. *(Dentro.)* ¡Dionisio! *(Sale.)* ¡Toninini! *(Y va hacia él.)* ¿Qué hace usted?

DIONISIO. *(Transición, y en voz baja.)* Estaba aquí hablando con este amigo... Yo no soy Toninini ni soy ese niño muerto... Yo no la conozco a usted... Yo no conozco a nadie... *(Muy serio.)* ¡Adiós, buenas noches!

(Y se va por la izquierda.)

PAULA. *(Intentando detenerle.)* ¡Venga usted! ¡Dionisio!

(Pero BUBY *se ha levantado y se interpone ante la puerta cerrando el paso a* PAULA. *Ha cambiado completamente de expresión y habla a* PAULA *en tono apremiante.)*

BUBY. ¿Algo?

PAULA. *(Disgustada.)* ¡Oh, Buby...!

BUBY. *(Más enérgico.)* ¿Algo?

PAULA. Él es un compañero... ¡Él trabajará con nosotros...!

BUBY. ¿Y qué importa eso? ¡Ya lo sé! Pero los compañeros también a veces tienen dinero... *(En voz baja.)* Y nosotros necesitamos el dinero esta misma noche... Tú lo sabes... Debemos todo... ¡Es necesario ese dinero, Paula...! ¡Si no, todo está perdido...!

PAULA. Pero él es un compañero... Ha sido una mala suerte... Debes comprenderlo, Buby...

(Se sienta. Y BUBY *también. Pequeña pausa.)*

BUBY. Realmente ha sido una mala suerte que esta habitación estuviese ocupada por un lindo compañero... Porque él es lindo, ¿verdad? *(Siempre irónico, burlón y sentimental.)* Sí. Yo sé que es lindo... ¡Ha sido una mala suerte!... No es nada fácil descorrer un pestillo por dentro y hacer una buena escena para encontrarse con que dentro de la habitación no hay un buen viajero gordo con papel en la cartera, sino un mal malabarista sin lastre en el chalequito... Verdaderamente ha sido una mala suerte...

PAULA. Buby... Esto que hacemos no es del todo divertido...

BUBY. No. Francamente, no es del todo divertido, ¿verdad? ¡Pero qué vamos a hacerle!... El negro Buby no sabe bailar bien... ¡Y vosotras bailáis demasiado mal!... *(En este momento, en la habitación de al lado, el* CORO DE VIEJOS EXTRAÑOS *empieza a cantar, muy en plan de orfeón, «El relicario»* [16]. *Unos segundos, solamente. Sobre las últimas voces, ya*

---

[16] *«El relicario»:* couplé muy popular en la España de principios de siglo, cuyo tema es los amores y muerte de un torero.

muy piano, sigue hablando BUBY.) Es difícil bailar, ¿no?... Duelen las piernas siempre y, al terminar, el corazón se siente fatigado... Y, sin embargo, a alguna cosa se tienen que dedicar las bonitas muchachas soñadoras cuando no quieren pasarse la vida en el taller, o en la fábrica, o en el almacén de ropas. El teatro es lindo, ¿verdad? ¡Hay libertad para todo! Los padres se han quedado en la casita, allá lejos, con su miseria y sus penas, con su puchero en el fuego... No hay que cuidar a los hermanitos, que son muchos y que lloran siempre. ¡La máquina de coser se quedó en aquel rincón! Pero bailar es difícil, ¿verdad, Paula?... Y los empresarios no pagan con exceso a aquellos artistas que no gustan lo suficiente... ¡El dinero nunca llega para nada!... ¡Y las muchachas lindas se mueren de dolor cuando su sombrero se ha quedado cursi! ¡La muerte antes que un sombrero cursi! ¡¡La muerte antes que un trajecito barato!! ¡¡¡Y la vida entera por un abrigo de piel!!!(*Dentro, el* CORO DE VIEJOS EXTRAÑOS *vuelve a cantar algunos compases de «El relicario».*) ¿Verdad, Paula? Sí. Paula ya sabe de eso... Y es tan fácil que una muchacha bonita entre huyendo de su novio en el cuarto de un señor que se dispone a dormir... ¡Es muy aburrido dormir solo en el cuarto de un hotel! Y los gordos señores se compadecen siempre de las muchachas que huyen de los negros y hasta, a veces, les suelen regalar billetes de un bravo color cuando las muchachas son cariñosas... Y un beso no tiene importancia... Ni dos, tampoco..., ¿verdad? Y después... ¡Ah, después, si ellos se sienten defraudados, no es fácil que protesten!... ¡Los gordos burgueses no quieren escándalos cuando saben además, que un negro es amigo de la chica!... ¡Un negro con buenos puños que los golpearía si intentasen propasarse!...

PAULA. ¡Pero él no es un gordo señor! ¡Él es un compañero!

BUBY. (*Mirando hacia la puerta de la izquierda.*) ¡Calla!

(Y EL ANCIANO MILITAR *y* FANNY *salen cogidos del brazo y paseando.* FANNY *lleva colgada en el pecho una de las cruces de* EL ANCIANO MILITAR.*)*

EL ANCIANO MILITAR. Señorita, ya le he regalado a usted esa preciosa cruz.... Espero que ahora me dará usted una esperanza... ¿Quiere usted escaparse conmigo...?

FANNY. Yo quiero otra cruz...

EL ANCIANO MILITAR. Pero eso es imposible, señorita. Comprenda usted el sacrificio que he hecho ya dándole una... Me ha costado mucho trabajo ganarlas... Me acuerdo que una vez, luchando con los indios *sioux*...

FANNY. Pues yo quiero otra cruz...

EL ANCIANO MILITAR. Vamos, señorita... Dejemos esto y conteste a mis súplicas... ¿Consiente usted en escaparse conmigo?

FANNY. Yo quiero que me regale usted otra cruz...

(Han cruzado la escena hasta llegar al balcón, vuelven a cruzarla en sentido contrario, y ahora desaparecen por donde entraron.)

BUBY. Realmente ha sido una mala suerte encontrar un compañero en la habitación de al lado... Pero Paula, las cosas aún se pueden arreglar... ¡La vida es buena! ¡Ha surgido lo que no pensábamos! ¡Un pequeño baile en el hotel! ¡Unos señores que os invitan...! Paula, entre estos señores los hay que tienen dinero... Mira a Fanny. Fanny es lista... Fanny no pierde el tiempo... El militar tiene cruces de oro y hasta cruces con brillantes... Y hay también un rico señor que quiere bailar contigo..., que cien veces te ha invitado para que bailes con él...

PAULA. ¡Es un odioso señor...!

BUBY. La linda Paula debía bailar con ese caballero... ¡Y Buby estaría más alegre que el gorrioncillo en la acacia y el quetzal en el ombú![17].

PAULA. *(Sonriendo, divertida.)* Eres un cínico, Buby...

BUBY. ¡Oh, Buby siempre es un cínico porque da buenos consejos a las muchachas que van con él! *(Con ironía.)* ¿O es que te gusta el malabarista?

PAULA. No sé.

BUBY. Sería triste que te enamorases de él. Las muchachas como vosotras no deben enamorarse de aquellos hombres que no regalan joyas ni bonitas pulseras para los brazos... Perderás el tiempo. ¡Necesitamos dinero, Paula! ¡Debemos todo! ¡Y ese señor es el hombre más rico de toda la provincia!

PAULA. Esta noche yo no tengo ganas de hablar con los señores ricos... Esta noche quiero que me dejes en paz... A ratos, estas cosas le divierten a una..., pero otras veces, no...

BUBY. Es que si no, esto se acaba... Tendremos que separarnos todos... ¡El *ballet* de Buby Barton terminó en una provincia!... *(Dentro, el* CORO DE VIEJOS EXTRAÑOS *interpreta ahora algunos compases de «El batelero del Volga».)* Yo no lo pido por mí... Un negro vive de cualquier manera... Pero una buena muchacha... ¡Os esperan los trajecitos baratos y los sombreritos cursis...! ¡La máquina de coser que quedó en aquel rincón! ¿O es que tienes la ilusión de encontrar un guapo novio y que te vista de blanco...?

PAULA. No sé, Buby. No me importa... Nunca me ocupé de eso...

BUBY. ¡Ay, mi Paula...! Los caballeros os quieren a vosotras, pero se casan con las demás... *(Mira hacia la izquierda.)* ¡Aquí viene este señor...! *(Muy*

---

[17] *Quetzal:* ave trepadora de América tropical, con moño sedoso y plumaje vistoso. *Ombú:* árbol de América meridional, muy frondoso y de corteza blanda. En España se le conoce como «bellasombra». Mihura, después de presentar al falso negro con un ukelele, le hace decir una serie de frases tópicas que acentúan su falsa condición.

junto a PAULA. *Muy hipócrita.)* ¡Tú eres una muchacha cariñosa, Paula! ¡Vivan las muchachas cariñosas...! ¡Hurra por las muchachas cariñosas...!

(*Entra por la izquierda* EL ODIOSO SEÑOR.)

EL ODIOSO SEÑOR. ¡Hace demasiado calor en el otro cuarto! Todos están en el otro cuarto... ¡Y han bebido tanto, que alborotan como perros...!

BUBY. (*Muy amable. Muy dulce.*) ¡Oh, señor! ¡Pero siéntese usted aquí! (*Junto a* PAULA, *en el sofá.*) Aquí el aire es mucho más puro... Aquí el aire es tan despejado que, de cuando en cuando, cruza un pajarillo cantando y las mariposas van y vienen, posándose en las flores de las cortinas.

EL ODIOSO SEÑOR. (*sentándose junto a* PAULA.) ¿Por fin *debutan* ustedes mañana?

PAULA. Sí. Mañana *debutamos*...

EL ODIOSO SEÑOR. Iré a verlos, para reírme un rato... Yo tengo abonado un proscenio... Siempre lo tengo abonado y veo siempre a las chiquitas que trabajan por aquí... Yo soy el señor más rico de toda la provincia...

BUBY. Ser rico... debe ser hermoso, ¿verdad...?

EL ODIOSO SEÑOR. (*Orgulloso. Odioso.*) Sí. Se pasa muy bien... Uno tiene fincas... Y tiene estanques, con peces dentro... Uno come bien... Pollos, sobre todo... Y langosta... Uno también bebe buenos vinos... Mis campos están llenos de trigo...

PAULA. Pero ¿y por qué tiene usted tanto trigo en el campo?

EL ODIOSO SEÑOR. Algo hay que tener en el campo, señorita. Para eso están. Y se suele tener trigo porque tenerlo en casa es muy molesto...

BUBY. Y, claro..., siendo tan rico..., ¡las mujeres le amarán siempre...!

EL ODIOSO SEÑOR. Sí. Ellas siempre me aman... Todas las chiquitas que han pasado por este Music-Hall me han amado siempre... Yo soy el más rico de

118

toda la provincia... ¡Es natural que ellas me amen...!

BUBY. Es claro... Las pobres chicas aman siempre a los señores educados... Ellas están tan tristes... Ellas necesitan el cariño de un hombre como usted... Por ejemplo, Paula. La linda Paula se aburre... Ella, esta noche, no encuentra a ningún buen amigo que le diga palabras agradables... Palabritas dulces de enamorado... Ellas siempre están entre gente como nosotros, que no tenemos campos y que viajamos constantemente, de un lado para otro, pasando por todos los túneles de la Tierra.

EL ODIOSO SEÑOR. ¿Y es de pasar por tantos túneles de lo que se ha quedado usted así de negro? ¡Ja, ja!

(Se ríe exageradamente de su gracia.)

BUBY. *(Como fijándose de pronto en una mariposa imaginaria y como queriéndola coger.)* ¡Silencio! ¡Oh! ¡Una linda mariposa! ¡Qué bellos colores tiene! ¡Silencio! ¡Ahora se va por allí...! *(Por la puerta de la izquierda, en la que él ya está preparando el mutis.)* ¡Voy a cerrar la puerta, y dentro la cogeré! ¡No quiero que se me escape! ¡Con su permiso, señor!

(BUBY se ha ido, dejando la puerta cerrada. El señor se acerca más a PAULA. Hay una pequeña pausa, violenta, en la que el señor no sabe cómo iniciar la conversación. De pronto.)

EL ODIOSO SEÑOR. ¿De qué color tiene usted las ligas, señorita?

PAULA. Azules.

EL ODIOSO SEÑOR. ¿Azul claro o azul oscuro?

PAULA. Azul oscuro.

EL ODIOSO SEÑOR. *(Sacando un par de ligas de un bolsillo.)* ¿Me permite usted que le regale un par de azul claro? El elástico es del mejor.

(Las estira y se las da.)

PAULA. *(Tomándolas.)* Muchas gracias. ¿Para qué se ha molestado?

EL ODIOSO SEÑOR. No vale la pena. En casa tengo más...

PAULA. ¿Usted vive en esta población?

EL ODIOSO SEÑOR. Sí. Pero todos los años me voy a Niza.

PAULA. ¿Y se lleva usted el trigo o lo deja aquí?

EL ODIOSO SEÑOR. ¡Oh, no! El trigo lo dejo en el campo... Yo pago a unos hombres para que me lo guarden y me voy tranquilo a Niza... ¡En coche-cama, desde luego!

PAULA. ¿No tiene usted automóvil?

EL ODIOSO SEÑOR. Sí. Tengo tres... Pero a mí no me gustan los automóviles, porque me molesta eso de que vayan siempre las ruedas dando vueltas... Es monótono... *(De pronto.)* ¿Qué número usa usted de medias?

PAULA. El seis.

EL ODIOSO SEÑOR. *(Saca de un bolsillo un par de medias, sin liar ni nada, y se las regala.)* ¡Seda pura! ¡Tire usted!

PAULA. No. No hace falta.

EL ODIOSO SEÑOR. Para que usted vea.

(Las coge y las estira. Tanto, que las medias se parten por la mitad.)

PAULA. ¡Oh, se han roto!

EL ODIOSO SEÑOR. No importa. Aquí llevo otro par.

(Tira las rotas al suelo. Saca otro par de un bolsillo y se las regala.)

PAULA. Muchas gracias.

EL ODIOSO SEÑOR. No vale la pena...

PAULA. ¿Entonces, todos los años se va usted a Niza?

EL ODIOSO SEÑOR. Todos los años, señorita... Allí tengo una finca, y lo paso muy bien viendo ordeñar a las vacas. Tengo cien. ¿A usted le gustan las vacas?

PAULA. Me gustan más los elefantes.

EL ODIOSO SEÑOR. Yo, en la India, tengo cuatrocientos... Por cierto que ahora les he puesto trompa y todo. Me he gastado un dineral... *(De pronto.)* Perdón, señorita; se me olvidaba ofrecerle un ramo de flores.

(Saca del bolsillo interior de la americana un ramo de flores y se lo regala.)

PAULA. *(Aceptándolo.)* Encantada.

EL ODIOSO SEÑOR. No vale la pena... Son de trapo.. Ahora, que el trapo es del mejor...

(Y se acerca a PAULA.*)*

PAULA. ¿Es usted casado?

EL ODIOSO SEÑOR. Sí. Claro. Todos los señores somos casados. Los caballeros se casan siempre... Por cierto que mañana, precisamente, tengo que asistir a una boda... Se casa la hija de un amigo de mi señora y no tengo más remedio que ir...

PAULA. ¿Una boda por amor?

EL ODIOSO SEÑOR. Sí. Creo que los dos están muy enamorados. Yo iré a la boda, pero en seguida me iré a Niza...

PAULA. ¡Cómo me gustaría a mí también ir a Niza!

EL ODIOSO SEÑOR. Mi finca de allá es hermosa. Tengo una gran piscina, en la que me doy cinco o seis baños diarios... ¿Usted también se baña con frecuencia, señorita?

PAULA. *(Muy ingenua.)* Sí. Pero claro está que no tanto como su tía de usted...

EL ODIOSO SEÑOR. *(Algo desconcertado.)* ¡Claro!
(Y saca del bolsillo una bolsa de bombones.) ¿Unos
bombones, señorita? Para usted la bolsa...

PAULA. *(Aceptándolos.)* Muchas gracias.

EL ODIOSO SEÑOR. Por Dios... ¿Y qué echa usted
en el agua del baño?

PAULA. «Papillons de Printemps»[18]. ¡Es un perfume lindo!

EL ODIOSO SEÑOR. Yo echo focas. Estoy tan
acostumbrado a bañarme en Noruega, que no puedo
habituarme a estar en el agua sin tener un par de
focas junto a mí. *(Fijándose en* PAULA, *que no come
bombones.)* Pero ¿no toma usted bombones? *(Saca un
bocadillo del bolsillo.)* ¿Quiere usted este bocadillo de
jamón?

PAULA. No tengo apetito.

EL ODIOSO SEÑOR. *(Sacando otro bocadillo de
otro bolsillo.)* ¿Es que lo prefiere de caviar?

PAULA. No. De verdad. No quiero nada.

EL ODIOSO SEÑOR. *(Volviéndo a guardárselos.)* Es
una lástima. En fin, señorita... *Acercándose más a
ella.)* ¿Me permite que le dé un beso? Después de
esta conversación tan agradable, se ve que hemos
nacido el uno para el otro...

PAULA. *(Desviándose.)* No.

EL ODIOSO SEÑOR. *(Extrañado.)* ¿Aún no? *(Y entonces de otro bolsillo, saca una carraca[19].)* Con su
permiso, me voy a tomar la libertad de regalarle esto.
No vale nada, pero es entretenido...

PAULA. *(Cogiendo la carraca y dejándola sobre el
sofá.)* Muchas gracias.

EL ODIOSO SEÑOR. Y ahora, ¿la puedo dar un
beso?

PAULA. No.

EL ODIOSO SEÑOR. Pues lo siento mucho, pero no

---

[18] «*Papillons de Printemps*»: perfume francés en sales de baño.
[19] *Carraca:* instrumento de madera de sonido desagradable.
Voz onomatopéyica.

tengo más regalos en los bolsillos... Ahora que, si quiere usted, puedo ir a mi casa por más...

PAULA. *(Fingiendo mucha melancolía.)* No. No se moleste.

EL ODIOSO SEÑOR. Parece que está usted triste... ¿Qué le pasa a usted?

PAULA. Sí. Estoy triste. Estoy horriblemente triste...

EL ODIOSO SEÑOR. ¿Acaso he cometido alguna incorrección, señorita?

PAULA. No. Estoy muy triste porque me pasa una cosa tremenda... ¡Soy muy desgraciada!

EL ODIOSO SEÑOR. Todo tiene arreglo en la vida, nenita...

PAULA. No. Esto no tiene arreglo. ¡No puede tener arreglo!

EL ODIOSO SEÑOR. ¿Es que se le han roto a usted algunos zapatos?

PAULA. Me ha pasado otra cosa más terrible. ¡Soy muy desgraciada!

EL ODIOSO SEÑOR. Vamos, señorita. Cuénteme lo que le sucede...

PAULA. Figúrese usted que nosotros hemos llegado aquí esta tarde, de viaje... Y yo llevaba una cartera y dentro llevaba unos cuantos ahorros... Unos cuantos billetes... Y ha debido ser en el tren... Sin duda, mientras dormía... El caso es que, al despertar, no encontré la cartera por ninguna parte... Figúrese usted mi disgusto... Ese dinero me hacía falta para comprarme un abrigo... Y ahora todo lo he perdido. ¡Soy muy desgraciada!

EL ODIOSO SEÑOR. *(Ya en guardia.)* Vaya, vaya... ¿Y dice usted que la perdió en el tren?

PAULA. Sí. En el tren.

EL ODIOSO SEÑOR. ¿Y miró usted bien por el departamento?

PAULA. Sí. Y por los pasillos.

EL ODIOSO SEÑOR. ¿Miró también en la locomotora?

PAULA.   Sí. También miré en la locomotora...

(*Pausa.*)

EL ODIOSO SEÑOR.   ¿Y cuánto dinero llevaba usted en la cartera?
PAULA.   Cuatro billetes.
EL ODIOSO SEÑOR.   ¿Pequeños?
PAULA.   Medianos.
EL ODIOSO SEÑOR.   ¡Vaya! ¡Vaya! ¡Cuatro billetes!
PAULA.   ¡Estoy muy disgustada, caballero...!
EL ODIOSO SEÑOR.   (*Ya dispuesto a todo.*) ¿Y dice usted que son cuatro billetes?
PAULA.   Sí. Cuatro billetes.
EL ODIOSO SEÑOR.   (*Sonriendo pícaro.*) Uno va todos los años a Niza y conoce estas cosas, señorita... ¡Claro que si usted fuese cariñosa!... Aunque hay que tener en cuenta que ya le he hecho varios regalos...
PAULA.   No entiendo lo que quiere usted decir... Habla usted de una forma...
EL ODIOSO SEÑOR.   (*Sacando un billete de la cartera, y muy tunante.*) ¿Para quién va a ser este billetito?
PAULA.   No se moleste, caballero... Es posible que aún la encuentre...
EL ODIOSO SEÑOR.   (*Colocándole el billete en la mano.*) Tómelo. Si la encuentra ya me lo devolverá... Y ahora.... ¿Me permite usted que le dé un beso?
PAULA.   (*Apartándose aún.*) ¡Tengo un disgusto tan grande! Porque figúrese que no es un billete solamente... Son cuatro...
EL ODIOSO SEÑOR.   (*Sacando nuevamente la cartera y de ella otros tres billetes.*) Vaya, vaya... (*Muy mimoso.*) ¿Para quién van a ser estos billetitos?
PAULA.   (*Tomándolos, y ya cariñosa.*) ¡Qué simpático es usted! (*Y él le da un beso. Después se levanta y echa los pestillos de las puertas.* PAULA *se pone en guardia.*) ¿Qué ha hecho usted?

EL ODIOSO SEÑOR. He cerrado las puertas...

PAULA. *(Levantándose.)* ¿Para qué?

EL ODIOSO SEÑOR. Para que no puedan entrar ni los pájaros ni las mariposas... *(Va hacia ella y la abraza. Ya ha perdido toda su falsa educación. Ya quiere cobrarse su dinero lo antes posible.)* ¡Eres muy bonita!

PAULA. *(Enfadada.)* ¡Abra usted las puertas!

EL ODIOSO SEÑOR. Luego abriremos las puertas, ¿verdad? ¡Siempre hay tiempo para abrir las puertas!...

PAULA. *(Ya indignada e intentando zafarse de los brazos de* EL ODIOSO SEÑOR.*)* ¡Déjeme usted! ¡Usted no tiene derecho a esto! ¡Abra usted las puertas!

EL ODIOSO SEÑOR. Yo no gasto mi dinero en balde, nenita...

PAULA. *(Furiosa.)* ¡Yo no le he pedido a usted ese dinero! ¡Usted me lo ha dado! ¡Déjeme usted! ¡Fuera de aquí! ¡Largo! ¡Voy a gritar!

EL ODIOSO SEÑOR. Le he dado a usted cuatro billetes... Usted tiene que ser buena conmigo... Eres demasiado bonita para que te deje...

PAULA. ¡Yo no se los he pedido! ¡Déjeme ya! *(Gritando.)* ¡Buby! ¡Buby!

(El señor, brutote, brutote, insiste en abrazarla. Pero BUBY *ha abierto la puerta de la izquierda y contempla la escena, frío, frío. El señor le ve y, sudoroso, descompuesto, fuera de sí, se dirige amenazador a* PAULA.*)*

EL ODIOSO SEÑOR. ¡Devuélvame ese dinero! ¡Pronto! ¡Devuélvame ese dinero! ¡Canallas!

PAULA. *(Tirándole el dinero, que el señor recoge.)* ¡Ahí va su dinero!

EL ODIOSO SEÑOR. ¡Devuélvame las medias!

PAULA. *(Tirándole las medias.)* ¡Ahí van sus medias!

EL ODIOSO SEÑOR. ¡Devuélvame las flores!

PAULA. *(Tirándoselas.)* ¡Ahí van las flores!

EL ODIOSO SEÑOR. ¡Canallas! ¿Qué os habíais creído? *(Va acercándose a la puerta del foro y la abre.)* ¿Pensabais engañarme entre los dos? ¡A mí! ¡A mí! ¡Canallas!

(Y hace mutis.)

BUBY. *(Frío.)* ¿Sentiste escrúpulos?

PAULA. Sí. Él había pensado lo que no era. Es un bárbaro, Buby...

BUBY. Probablemente te gustará más que te bese el malabarista...

PAULA. *(Nerviosa.)* ¡No sé! ¡Dejadme en paz! ¡Vete tú también! ¡Dejadme en paz todos!

BUBY. Linda Paula... Acuérdate de lo que te digo, ¿no? Has echado todo a perder... ¡Todo! Será mejor que no sigas pensando en ese muchacho, porque si no, te mato a ti o le mato a él... ¿Entiendes, Paula? ¡Vivan las muchachas que hacen caso a lo que les dice Buby!

(Y hace mutis por la izquierda. PAULA se sienta en el sofá con ceñito de disgusto y, por la izquierda, vuelven a entrar FANNY y EL ANCIANO MILITAR, que como antes, cogidos del brazo y paseando, atraviesan la escena de un lado a otro. Pero esta vez ya FANNY lleva todas las cruces prendidas en su pecho. Al ANCIANO MILITAR sólo le queda una. La más grande.)

EL ANCIANO MILITAR. Ya le he dado todas las cruces. Sólo me queda una. La que más trabajo me ha costado ganar... La que conseguí peleando con los cosacos. Y, ahora, ¿accede usted a escaparse conmigo? Venga usted junto a mí. Nos iremos a América y allí seremos felices. Pondremos un gran rancho y criaremos gallinitas...

126

FANNY. Yo quiero que me dé usted esa otra cruz...

EL ANCIANO MILITAR. No. Esta no puedo dársela, señorita...

FANNY. Pues entonces no me voy con usted...

EL ANCIANO MILITAR. ¡Oh, señorita...! ¿Y si se la diese...? *(Se van por la izquierda. Pero a los pocos momentos vuelven a salir, ella con la gran cruz, con una maleta, el sombrero y un abrigo, y él con el capote y el ros [20] de plumero. Y, muy amartelados, se dirigen a la puerta del foro.)* ¡Oh, Fanny, mira que si tuviéramos un niño rubio...!

FANNY. ¡Por Dios, Alfredo! [21].

(Y hacen mutis por la puerta del foro. PAULA *sigue en su misma actitud pensativa. Y ahora, por la izquierda, entra* DIONISIO *con ojos de haber dormido. Y se fija en* PAULA, *a la que es posible que se le hayan saltado las lágrimas, de soberbia.)*

DIONISIO. ¿Está usted llorando?

PAULA. No lloro.

DIONISIO. ¿Está triste porque no he venido? Yo estaba ahí durmiendo con unos amigos... (PAULA *calla.)* ¿Ha reñido usted con ese negro? ¡Debemos linchar al negro! ¡Nuestra obligación es linchar al negro!

PAULA. Para linchar a un negro es preciso que se reúna mucha gente...

DIONISIO. Yo organizaré una suscripción...

PAULA. No.

DIONISIO. Si a mí no me molesta...

PAULA. *(Con cariño.)* Dionisio...

---

[20] *Ros:* tocado militar, especie de chacó, más alto por delante que por detrás.

[21] No sólo la palabra, sino la situación y los objetos (sobre todo la situación y los objetos) dan sentido teatral al texto: los conejos que El cazador astuto ha ido arrojando debajo de la cama, las medallas que El anciano militar ha ido regalando a Fanny...

DIONISIO. ¿Qué?

PAULA. Siéntese aquí..., conmigo...

DIONISIO. *(Sentándose a su lado.)* Bueno.

PAULA. Es preciso que nosotros seamos buenos amigos... ¡Si supiese usted lo contenta que estoy desde que le conozco...! Me encontraba tan sola... ¡Usted no es como los demás! Yo, con los demás, a veces tengo miedo. Con usted, no. La gente es mala..., los compañeros del Music-Hall no son como debieran ser... Los caballeros de fuera del Music-Hall tampoco son como debieran ser los caballeros... (DIONISIO, *distraído, coge la carraca que se quedó por allí y empieza a tocarla, muy entretenido.)* Y, sin embargo, hay que vivir con la gente, porque si no una no podría beber nunca champaña, ni llevar lindas pulseras en los brazos... ¡Y el champaña es hermoso... y las pulseras llenan siempre los brazos de alegría!... Además es necesario divertirse... Es muy triste estar sola... Las muchachas como yo se mueren de tristeza en las habitaciones de estos hoteles... Es preciso que usted y yo seamos buenos amigos... ¿Quieres que nos hablemos de tú...?

DIONISIO. Bueno. Pero un ratito nada más...

PAULA. No. Siempre. Nos hablaremos de tú ¡siempre! Es mejor... Lo malo..., lo malo es que tú no seguirás con nosotros cuando terminemos de trabajar aquí... Y cada uno nos iremos por nuestro lado... Es imbécil esto de tener que separarnos tan pronto, ¿verdad...? A no ser que tú necesitaras una *partenaire* para tu número... ¡Oh! ¡Así podríamos estar más tiempo juntos...! Yo aprendería a hacer malabares, ¿no? ¡A jugar también con tres sombreros de copa!

(A DIONISIO se le ha descompuesto su carraca. Ya no suena. Por este motivo, él se pone triste.)

DIONISIO. Se ha descompuesto...

PAULA. *(Cogiendo la carraca y arreglándola.)* Es así. *(Y se la vuelve a dar a DIONISIO, que sigue tocándola, tan divertido.)* ¡Es una lástima que tú no necesites una *partenaire* [22] para tu número! ¡Pero no importa! Estos días los pasaremos muy bien, ¿sabes...? Mira... Mañana saldremos de paseo. Iremos a la playa..., junto al mar... ¡Los dos solos! Como dos chicos pequeños, ¿sabes? ¡Tú no eres como los demás caballeros! ¡Hasta la noche no hay función! ¡Tenemos toda la tarde para nosotros! Compraremos cangrejos... ¿Tú sabes mondar bien las patas de los cangrejos? Yo sí. Yo te enseñaré..., los comeremos allí, sobre la arena... Con el mar enfrente. ¿Te gusta a ti jugar con la arena? ¡Es maravilloso! Yo sé hacer castillitos y un puente con su ojo en el centro por donde pasa el agua... ¡Y sé hacer un volcán! Se meten papeles dentro y se queman, ¡y sale humo...! ¿Tú no sabes hacer volcanes?

DIONISIO. *(Ya ha dejado la carraca y se va animando poco a poco.)* Sí.

PAULA. ¿Y castillos?

DIONISIO. Sí.

PAULA. ¿Con jardín?

DIONISIO. Sí, con jardín. Les pongo árboles y una fuente en medio y una escalera con sus peldaños para subir a la torre del castillo.

PAULA. ¿Una escalera de arena? ¡Oh, eres un chico maravilloso! Dionisio, yo no la sé hacer...

DIONISIO. Yo sí. También sé hacer un barco y un tren... ¡Y figuras! También sé hacer un león...

PAULA. ¡Oh! ¡Qué bien! ¿Lo estás viendo? ¿Lo estás viendo, Dionisio? ¡Ninguno de esos caballeros sabe hacer con arena ni volcanes, ni castillo, ni leones? ¡Ni Buby tampoco! ¡Ellos no saben jugar! Yo sabía que tú eras distinto... Me enseñarás a hacerlos, ¿verdad? Iremos mañana... [23].

---

[22] *«Partenaire»:* voz francesa usada en el argot teatral para indicar la pareja artística de algún juego o algún número.

[23] El juego y la fantasía ingenuos: arma contra la mezquindad que será rota ante el plazo que queda para la boda (a la que Dionisio aludirá como un negocio, muy significativamente).

(Pausa. DIONISIO, al oír la palabra «mañana», pierde de pronto su alegría y su entusiasmo por los juegos junto al mar.)

DIONISIO. ¿Mañana...?
PAULA. ¡Mañana!
DIONISIO. No.
PAULA. ¿Por qué?
DIONISIO. Porque no puedo.
PAULA. ¿Tienes que ensayar?
DIONISIO. No.
PAULA. Entonces, entonces, ¿qué tienes que hacer?
DIONISIO. Tengo... que hacer.
PAULA. ¡Lo dejas para otro día! ¡Hay muchos días! ¡Qué más da! ¿Es muy importante lo que tienes que hacer...?
DIONISIO. Sí.
PAULA. ¿Negocio?
DIONISIO. Negocio.

(Pausa.)

PAULA. *(De pronto.)* Novia no tendrás tú, ¿verdad...?
DIONISIO. No; novia, no.
PAULA. ¡No debes tener novia! ¿Para qué quieres tener novia? Es mejor que tengas sólo una amiga buena, como yo... Se pasa mejor... Yo no quiero tener novio... porque yo no me quiero casar. ¡Casarse es ridículo! ¡Tan tiesos! ¡Tan pálidos! ¡Tan bobos! Qué risa, ¿verdad...? ¿Tú piensas casarte alguna vez?
DIONISIO. Regular.
PAULA. No te cases nunca... Estás mejor así... Así estás más guapo... Si tú te casas, serás desgraciado... Y engordarás bajo la pantalla del comedor... Y, además, ya nosotros no podremos ser amigos más... ¡Mañana iremos a la playa a comer cangrejos! Y pasado mañana tú te levantarás temprano y yo

también... Nos citaremos abajo y nos iremos en seguida al puerto y alquilaremos una barca... ¡Una barca sin barquero! Y nos llevamos el bañador y nos bañamos lejos de la playa, donde no se haga pie... ¿Tú sabes nadar...?

DIONISIO. Sí. Nado muy bien...

PAULA. Más nado yo. Yo resisto mucho. Ya lo verás...

DIONISIO. Yo sé hacer el muerto y bucear...

PAULA. Yo hago la carpa... y, desde el trampolín, sé hacer el ángel...[24].

DIONISIO. Y yo cojo del fondo diez céntimos con la boca...

PAULA. ¡Oh! ¡Qué bien! ¡Qué gran día mañana! ¡Y pasado! ¡Ya verás, Dionisio, ya verás! ¡Nos tostaremos al sol!

SAGRA (Por la lateral izquierda, con el abrigo y el sombrero puestos.) ¡Paula! ¡Paula! ¡Ven! ¡Mira! ¿Sabes una cosa? ¡Hemos decidido irnos todos al puerto a ver amanecer! El puerto está cerca y ya casi es de día. Nos llevaremos las botellas que quedan y allí las beberemos junto a los pescadores que salen a la mar... ¡Lo pasaremos muy bien! ¡Vamos todos a ver amanecer!...

(De la habitación de la izquierda empieza a salir gente. MADAME OLGA ya vestida. EL GUAPO MUCHACHO. TRUDY y EL ROMÁNTICO ENAMORADO. EL EXPLORADOR. Y el CORO DE VIEJOS EXTRAÑOS. El último, EL CAZADOR ASTUTO, con cuatro perros atados, que sería encantador que fueran ladrando. Todos van en fila y cogidos del brazo. Todos llevan botellas en la mano.)

---

[24] *Hacer la carpa:* salto de natación que consiste en zambullirse doblando el cuerpo hacia adelante. *Hacer el ángel:* salto de trampolín, en natación, en que el saltador se lanza hacia adelante con los brazos abiertos.

EL GUAPO MUCHACHO. *(Casi cantando.)* ¡Vamos a ver amanecer!

TODOS. ¡Vamos a ver amanecer!

EL ROMÁNTICO ENAMORADO. ¡Frente a las aguas de la bahía!...

TODOS. ¡Frente a las aguas de la bahía!...

EL ALEGRE EXPLORADOR. ¡Y después tiraremos al mar la botella que quede vacía!...

UNOS. *(Saliendo por la puerta del foro.)* ¡Vamos a ver amanecer!

OTROS. ¡Frente a las aguas de la bahía!

(Y se van todos.)

PAULA. *(Alegre.)* ¿Vamos, Dionisio?

DIONISIO. ¿Qué hora es?

PAULA. Deben de ser cerca de las seis...

DIONISIO. ¿Cerca de las seis?

PAULA. Sí. Ya pronto amanecerá...

DIONISIO. No puede ser... ¡Las seis! ¡Son cerca de las seis!

PAULA. Pero ¿qué tienes, Dionisio? ¿Por qué estás así? ¡Vamos con ellos!...

DIONISIO. No. No voy.

PAULA. ¿Por qué?

DIONISIO. Porque estoy enfermo... Me duele mucho la cabeza... Bebí demasiado... No. Todo esto es absurdo. Yo no puedo hacer esto... ¡Ya son cerca de las seis!... Yo quiero estar solo... Yo necesito estar solo...

PAULA. Ven, Dionisio... Yo quiero ir contigo... Si tú no vas, me quedo también yo... aquí, junto a ti... ¡Yo no puedo estar separada de ti! *(Se acerca a él mucho, con amor.)* ¡Tú eres un chico muy maravilloso! *(Apoya la cabeza en el hombro de* DIONISIO, *ofreciéndole la boca.)* ¡Me gusta tanto!

(Y se besan muy fuerte. Pero BUBY, *silenciosamente, ha salido por la izquierda y ha visto*

este beso maravilloso. Y, fríamente, se acerca
a ellos y da un fuerte golpe en la nuca a PAULA,
que cae al suelo, dando un pequeño grito.
Después, muy rápidamente, BUBY *huye por*
la puerta del foro, cerrándola al salir. PAULA,
en el suelo, con los ojos cerrados, no se mueve.
Quizá está desmayada, o muerta. DIONISIO,
espantado, va de una puerta a otra, unas veces
corriendo y otras muy despacito. Esta más
grotesco que nunca.)

DIONISIO.   ¿Qué es esto? ¿Qué es esto, Dios mío?
¡No es posible!... *(Y, de pronto, suena el timbre del te-*
léfono. DIONISIO *toma el auricular y habla.)* ¿Eh?
¿Quién? Sí. Soy yo, Dionisio... No, no me ha pasado
nada. Estoy bien. ¿Te has asustado porque no con-
testé cuando llamaste? ¡Oh, no! ¡Me dolía mucho la
cabeza y salí! Salí a la calle a respirar el aire. Sí. Por
eso no podía contestar cuando llamabas... ¿Qué di-
ces? ¿Eh? ¿Qué viene tu padre? ¿A qué? ¡Pero si no
pasa nada! ¡Es estúpido que le hayas hecho venir!...
No ocurre nada... No pasa nada... *(Y llaman a la*
puerta del foro.) ¡Ah! *(Al teléfono.)* Han llamado a la
puerta... Sí... debe ser tu padre... Sí...

(Al ir, nerviosamente, hacia la puerta, tira
del auricular y rompe el cordón. Intenta arre-
glarlo. No puede. Se desconcierta aún más.)

DON SACRAMENTO.   *(Dentro.)* ¡Dionisio! ¡Dionisio! *(*DIONISIO, *con auricular en la mano, y todo muy*
rápidamente, corre hacia la puerta. No sabe qué
hacer. Va hacia PAULA *y se arrodilla junto a ella.*
Pone su oído en el pecho de PAULA, *intentando oír su*
corazón. Hace un gesto de pánico. Y ahora pone el
extremo del cordón del teléfono, que lleva en la
mano, junto al corazón de PAULA *y escucha por el*
auricular, «como el sabio doctor». DON SACRA-
MENTO, *dentro, golpeando.)* ¡Dionisio! ¡Dionisio!

ACTO TERCERO

La misma decoración. Continúa la acción del segundo acto, un minuto después en que éste quedó interrumpido.

(DIONISIO *acaba de ocultar el cuerpo de* PAULA *tras de la cama y el biombo, mientras sigue llamando* DON SACRAMENTO. DIONISIO, *una vez asegurado que* PAULA *está bien oculta, va a abrir.*)

DON SACRAMENTO. *(Dentro.)* ¡Dionisio! ¡Dionisio! ¡Abra! ¡Soy yo! ¡Soy don Sacramento! ¡Soy don Sacramento! ¡Soy don Sacramento!...

DIONISIO. Sí... Ya voy... *(Abre. Entra* DON SACRAMENTO, *con levita, sombrero de copa y un paraguas.*) ¡Don Sacramento!

DON SACRAMENTO. ¡Caballero! ¡Mi niña está triste! Mi niña, cien veces llamó por teléfono, sin que usted contestase a sus llamadas. La niña está triste y la niña llora. La niña pensó que usted se había muerto. La niña está pálida... ¿Por qué martiriza usted a mi pobre niña?...

DIONISIO. Yo salí a la calle, don Sacramento... Me dolía la cabeza... No podía dormir... Salí a pasear bajo la lluvia. Y en la misma calle, di dos o tres vueltas... Por eso yo no oí que ella me llamaba... ¡Pobre Margarita!... ¡Cómo habrá sufrido!

DON SACRAMENTO. La niña está triste. La niña

135

está triste y la niña llora. La niña está pálida. ¿Por qué martiriza usted a mi pobre niña?...

DIONISIO.   Don Sacramento... Ya se lo he dicho... Yo salí a la calle... No podía dormir.

DON SACRAMENTO.   La niña se desmayó en el sofá malva de la sala rosa... ¡Ella creyó que usted se había muerto! ¿Por qué salió usted a la calle a pasear bajo la lluvia?...

DIONISIO.   Me dolía la cabeza, don Sacramento...

DON SACRAMENTO.   ¡Las personas decentes no salen por la noche a pasear bajo la lluvia...! ¡Usted es un bohemio, caballero!

DIONISIO.   No, señor.

DON SACRAMENTO.   ¡Sí! ¡Usted es un bohemio, caballero! ¡Sólo los bohemios salen a pasear de noche por las calles!

DIONISIO.   ¡Pero es que me dolía mucho la cabeza!

DON SACRAMENTO.   Usted debió ponerse dos ruedas de patata en las sienes...

DIONISIO.   Yo no tenía patatas...

DON SACRAMENTO.   Las personas decentes deben llevar siempre patatas en los bolsillos, caballero... Y también deben llevar tafetán para las heridas... Juraría que usted no lleva tafetán...

DIONISIO.   No, señor.

DON SACRAMENTO.   ¿Lo está usted viendo? ¡Usted es un bohemio, caballero!... Cuando usted se case con la niña, usted no podrá ser tan desordenado en el vivir. ¿Por qué está así este cuarto? ¿Por qué hay lana de colchón en el suelo? ¿Por qué hay papeles? ¿Por qué hay latas de sardinas vacías? (*Cogiendo la carraca que estaba en el sofá.*) ¿Qué hace aquí esta carraca?

(*Y se queda con ella, distraído, en la mano. Y, de cuando en cuando, la hará sonar mientras habla.*)

DIONISIO.   Los cuartos de los hoteles modestos

son así... Y éste es un hotel modesto... ¡Usted lo comprenderá, don Sacramento!...

DON SACRAMENTO. Yo no comprendo nada. Yo no he estado nunca en ningún hotel. En los hoteles sólo están los grandes estafadores europeos y las vampiresas internacionales. Las personas decentes están en sus casas y reciben a sus visitas en el gabinete azul, en donde hay muebles dorados y antiguos retratos de familia... ¿Por qué no ha puesto usted en este cuarto los retratos de su familia, caballero?

DIONISIO. Yo sólo pienso estar aquí esta noche...

DON SACRAMENTO. ¡No importa, caballero! Usted debió poner cuadros en las paredes. Sólo los asesinos o los monederos falsos son los que no tienen cuadros en las paredes... Usted debió poner el retrato de su abuelo con el uniforme de maestrante...

DIONISIO. Él no era maestrante... El era tenedor de libros...

DON SACRAMENTO. ¡Pues con el uniforme de tenedor de libros! ¡Las personas honradas se tienen que retratar de uniforme, sean tenedores de libros o sean lo que sean! ¡Usted debió poner también el retrato de un niño en traje de primera comunión!

DIONISIO. Pero ¿qué niño iba a poner?

DON SACRAMENTO. ¡Eso no importa! ¡Da lo mismo! Un niño. ¡Un niño cualquiera! ¡Hay muchos niños! ¡El mundo está lleno de niños de primera comunión!... Y también debió usted poner cromos... ¿Por qué no ha puesto usted cromos? ¡Los cromos son preciosos! ¡En todas las casas hay cromos! «Romeo y Julieta hablando por el balcón de su jardín», «Jesús orando en el Huerto de los Olivos», «Napoleón Bonaparte, en su destierro de la isla de Santa Elena»... *(En otro tono, con admiración.)* Qué gran hombre Napoleón, ¿verdad?

DIONISIO. Sí. Era muy belicoso... ¿Era ese que llevaba siempre así la mano?

(Se mete la mano en el pecho.)

DON SACRAMENTO. *(Imitando la postura.)* Efectivamente, llevaba siempre así la mano...

DIONISIO. Debía de ser muy difícil!, ¿verdad?

DON SACRAMENTO. *(Con los ojos en blanco.)* ¡Sólo un hombre como él podía llevar siempre así la mano!...

DIONISIO. *(Poniéndose la otra mano en la espalda.)* Y la otra la llevaba así...

DON SACRAMENTO. *(Haciendo lo mismo.)* Efectivamente, así la llevaba.

DIONISIO. ¡Qué hombre!

DON SACRAMENTO. ¡Napoleón Bonaparte!... *(Pausa admirativa, haciendo los dos de Napoleón. Después,* DON SACRAMENTO *sigue hablando en el mismo tono anterior.)* Usted tendrá que ser ordenado... ¡Usted vivirá en mi casa, y mi casa es una casa honrada! ¡Usted no podrá salir por las noches a pasear bajo la lluvia! Usted, además, tendrá que levantarse a las seis y cuarto para desayunar a las seis y media un huevo frito con pan...

DIONISIO. A mí no me gustan los huevos fritos...

DON SACRAMENTO. ¡A las personas honorables les tienen que gustar los huevos fritos, señor mío! Toda mi familia ha tomado siempre huevos fritos para desayunar... Sólo los bohemios toman café con leche y pan con manteca.

DIONISIO. Pero es que a mí me gustan más pasados por agua... ¿No me los podían ustedes hacer a mí pasados por agua...?

DON SACRAMENTO. No sé. No sé. Eso lo tendremos que consultar con mi señora. Si eila lo permite, yo no pondré inconveniente alguno. ¡Pero le advierto a usted que mi señora no tolera caprichos con la comida!...

DIONISIO. *(Ya casi llorando.)* ¡Pero yo qué le voy a hacer si me gustan más pasados por agua, hombre!

DON SACRAMENTO. Nada de cines, ¿eh?... Nada de teatros. Nada de bohemia... A las siete, la cena...

138

Y después de la cena, los jueves y los domingos, haremos una pequeña juerga. *(Picaresco.)* Porque también el espíritu necesita expansionarse, ¡qué diablo! *(En este momento se le descompone la carraca, que estaba tocando. Y se queda muy preocupado.)* ¡Se ha descompuesto!...

DIONISIO. *(Como en el acto anterior Paula, él la coge y se la arregla.)* Es así.

(Y se la vuelve a dar a DON SACRAMENTO *que, muy contento, la toca de cuando en cuando.)*

DON SACRAMENTO. La niña los domingos, tocará el piano, Dionisio... Tocará el piano, y quizá, quizá, si estamos en vena, quizá recibamos alguna visita... Personas honradas, desde luego... Por ejemplo, haré que vaya el señor Smith... Usted se hará en seguida amigo suyo y pasará charlando con él muy buenos ratos... El señor Smith es una persona muy conocida... Su retrato ha aparecido en todos los periódicos del mundo... ¡Es el centenario más famoso de la población! Acaba de cumplir ciento veinte años y aún conserva cinco dientes... ¡Usted se pasará hablando con él toda la noche!... Y también irá su señora...

DIONISIO. ¿Y cuántos dientes tiene su señora?

DON SACRAMENTO. ¡Oh, ella no tiene ninguno! Los perdió todos cuando se cayó por aquella escalera y quedó paralítica para toda su vida, sin poderse levantar de su sillón de ruedas... ¡Usted pasará grandes ratos charlando con este matrimonio encantador!

DIONISIO. Pero ¿y si se me mueren cuando estoy hablando con ellos? ¿Qué hago yo, Dios mío?

DON SACRAMENTO. ¡Los centenarios no se mueren nunca! ¡Entonces no tendrían ningún mérito, caballero!...[25]. *(Pausa.* DON SACRAMENTO *hace un gesto,*

---

[25] Esta escena es comparable con la de Paula invadiendo la habitación de Dionisio, en el primer acto. El diálogo es allí entrecortado, vivo, ofrece sugestiones que rompen el esquema de vida de Dionisio. Esta de ahora contrasta con el ritmo brillante del segundo acto: don Sacramento habla y habla con la retórica intran-

de olfatear.) Pero... ¿a qué huele en este cuarto?... Desde que estoy aquí noto yo un olor extraño... Es un raro olor... ¡Y no es nada agradable este olor!...

DIONISIO.   Se habrán dejado abierta la puerta de la cocina...

DON SACRAMENTO. *(Siempre olfateando.)* No. No es eso... Es como si un cuerpo humano se estuviese descomponiendo...

DIONISIO. *(Aterrado. Aparte.)* ¡Dios mío! ¡Ella se ha muerto!...

DON SACRAMENTO.   ¿Qué olor es éste, caballero? ¡En este cuarto hay un cadáver! ¿Por qué tiene usted cadáveres en su cuarto? ¿Es que los bohemios tienen cadáveres en su habitación?...

DIONISIO.   En los hoteles modestos siempre hay cadáveres...

DON SACRAMENTO. *(Buscando.)* ¡Es por aquí! Por aquí debajo. *(Levanta la colcha de la cama y descubre los conejos que tiró* EL CAZADOR. *Los coge.)* ¡Oh, aquí está! ¡Dos conejos muertos! ¡Es esto lo que olía de este modo!... ¿Por qué tiene usted dos conejos debajo de su cama? En mi casa no podrá usted tener conejos en su habitación... Tampoco podrá usted tener gallinas... ¡Todo lo estropean!...

DIONISIO.   Estos no son conejos. Son ratones...

DON SACRAMENTO.   ¿Son ratones?

DIONISIO.   Sí, señor. Son ratones. Aquí hay muchos...

DON SACRAMENTO.   Yo nunca he visto unos ratones tan grandes...

DIONISIO.   Es que como éste es un hotel pobre, los ratones son así... En los hoteles más lujosos, los ratones son mucho más pequeños... Pasa igual que con las barritas de Viena...

DON SACRAMENTO.   ¿Y los ha matado usted?

---

sigente que nada puede ofrecer. La abundancia verbal vacía en este último acto; la entrecortada presencia de monosílabos cargados de sugestión en el primero.

DIONISIO. Sí. Los he matado yo con una escopeta. El dueño le da a cada huésped una escopeta para que mate los ratones...

DON SACRAMENTO. *(Mirando una etiqueta del conejo.)* Y estos números que tienen al cuello, que significan? Aquí pone 3,50...

DIONISIO. No es 3,50. Es 350. Como hay tantos, el dueño los tiene numerados, para organizar concursos. Y al huésped que, por ejemplo, mate el número, 14, le regala un mantón de Manila o una plancha eléctrica...

DON SACRAMENTO. ¡Qué lástima que no le haya a usted tocado el mantón! ¡Podríamos ir a la verbena!... ¿Y qué piensa usted hacer con estos ratones?...

DIONISIO. No lo he pensado todavía... Si quiere usted se los regalo...

DON SACRAMENTO. ¿A usted no le hacen falta?

DIONISIO. No. Yo ya tengo muchos. Se los envolveré en un papel.

(Coge un papel que hay en cualquier parte y se los envuelve. Después se los da.)

DON SACRAMENTO. Muchas gracias, Dionisio. Yo se los llevaré a mis sobrinitos para que jueguen... ¡Ellos recibirán una gran alegría!... Y ahora, adiós, Dionisio. Voy a consolar a la niña, que aún estará desmayada en el sofá malva de la sala rosa... *(Mira el reloj.)* Son las seis cuarenta y tres. Dentro de un rato, el coche vendrá a buscarle para ir a la iglesia. Esté preparado... ¡Qué emoción! ¡Dentro de unas horas usted será esposo de mi Margarita!...

DIONISIO. Pero ¿le dirá usted a su señora que a mí me gustan más los huevos pasados por agua?

DON SACRAMENTO. Sí. Se lo diré. Pero no me entretenga. ¡Oh, Dionisio! Ya estoy deseando llegar a casa para regalarles esto a mis sobrinitos... ¡Cómo van a llorar de alegría los pobres pequeños niños!

DIONISIO. ¿Y también les va usted a regalar la carraca?

DON SACRAMENTO. ¡Oh, no! ¡La carraca es para mí![26].

(Y se va por la puerta del foro. PAULA asoma la cabeza por detrás de la cama y mira a DIONISIO tristemente. DIONISIO, que ha ido a cerrar la puerta, al volverse, la ve.)

PAULA. ¡Oh! ¿Por qué me ocultaste esto? ¡Te casas, Dionisio!...

DIONISIO. *(Bajando la cabeza.)* Sí...

PAULA. No eras ni siquiera un malabarista...

DIONISIO. No.

PAULA. *(Se levanta. Va hacia la puerta de la izquierda.)* Entonces yo debo irme a mi habitación...

DIONISIO. *(Deteniéndola.)* Pero tú estabas herida... ¿Qué te hizo Buby?

PAULA. Fue un golpe nada más... Me dejó K. O. ¡Debí de perder el conocimiento unos momentos. Es muy bruto Buby... Me puede siempre... *(Después.)* ¡Te casas, Dionisio!...

DIONISIO. Sí.

PAULA. *(Intentando nuevamente irse.)* Yo me voy a mi habitación...

DIONISIO. No.

PAULA. ¿Por qué?

DIONISIO. Porque esta habitación es más bonita. Desde el balcón se ve el puerto...

PAULA. ¡Te casas, Dionisio!

DIONISIO. Sí. Me caso, pero poco...

PAULA. ¿Por qué no me lo dijiste...?

DIONISIO. No sé. Tenía el presentimiento de que casarse era ridículo... ¡Que no me debía casar...!

---

[26] La lógica del absurdo se admite como normal siempre. Incluso en ocasiones como la presente donde don Sacramento no está muy bien dispuesto a favor de su futuro yerno y, sin embargo, acepta el paquete del conejo muerto y la carraca. (Adviértase cómo el cadáver pasa a manos de quien representa lo muerto.)

Ahora veo que no estaba equivocado... Pero yo me casaba, porque yo me he pasado la vida metido en un pueblo pequeñito y triste y pensaba que para estar alegre había que casarse con la primera muchacha que, al mirarnos, le palpitase el pecho de ternura... Yo adoraba a mi novia... Pero ahora veo que en mi novia no está la alegría que yo buscaba... A mi novia tampoco le gusta ir a comer cangrejos frente al mar, ni ella se divierte haciendo volcanes en la arena... Y ella no sabe nadar... Ella, en el agua, da gritos ridículos... Hace así: «¡Ay! ¡Ay! ¡Ay!» Y ella sólo ama cantar junto al piano *El pescador de perlas*[27]. Y *El pescador de perlas* es horroroso, Paula. Ella tiene voz de querubín, y hace así: *(Canta.)* Tralaralá... piri, piri, piri, piri... Y yo no había caído en que las voces de querubín están llenas de vanidad y que, en cambio, hay discos de gramófono que se titulan «Ámame en diciembre lo mismo que me amas en mayo», y que nos llenan el espíritu de sencillez y de ganas de dar saltos mortales... Yo no sabía tampoco que había mujeres como tú, que al hablarnos no les palpita el corazón, pero les palpitan los labios en un constante sonreír... Yo no sabía nada de nada. Yo sólo sabía pasear silbando junto al quiosco de la música... Yo me casaba porque todos se casan siempre a los veintisiete años... Pero ya no me caso, Paula... ¡Yo no puedo tomar huevos fritos a las seis y media de la mañana...!

PAULA. *(Ya sentada en el sofá.)* Ya te ha dicho ese señor del bigote que los harán pasados por agua...

DIONISIO. ¡Es que a mí no me gustan tampoco pasados por agua! ¡A mí sólo me gusta el café con leche, con pan y manteca! ¡Yo soy un terrible bohemio! Y lo más gracioso es que yo no lo he sabido hasta esta noche que viniste tú... y que vino el negro..., y que vino la mujer barbuda... Pero yo no me caso, Paula. Yo me marcharé contigo y aprenderé

---

[27] *El Pescador de Perlas:* famosa ópera de Bizet.

a hacer juegos malabares con tres sombreros de copa...

PAULA. Hacer juegos malabares con tres sombreros de copa es muy difícil... Se caen siempre al suelo...

DIONISIO. Yo aprenderé a bailar como bailas tú y como baila Buby...

PAULA. Bailar es más difícil todavía. Duelen mucho las piernas y apenas gana uno dinero para vivir...

DIONISIO. Yo tendré paciencia y lograré tener cabeza de vaca y cola de cocodrilo...

PAULA. Eso cuesta aún más trabajo... Y después, la cola molesta muchísimo cuando se viaja en el tren...

(DIONISIO *va a sentarse junto a ella.*)

DIONISIO. ¡Yo haré algo extraordinario para poder ir contigo!... ¡Siempre me has dicho que soy un muchacho muy maravilloso!...

PAULA. Y lo eres. Eres tan maravilloso, que dentro de un rato te vas a casar, y yo no lo sabía...

DIONISIO. Aún es tiempo. Dejaremos todo esto y nos iremos a Londres...

PAULA. ¿Tú sabes hablar inglés?

DIONISIO. No. Pero nos iremos a un pueblo de Londres. La gente de Londres habla inglés porque todos son riquísimos y tienen mucho dinero para aprender esas tonterías. Pero la gente de los pueblos de Londres, como son más pobres y no tienen dinero para aprender esas cosas, hablan como tú y como yo... ¡Hablan como en todos los pueblos del mundo!... ¡Y son felices!...

PAULA. ¡Pero en Inglaterra hay demasiados detectives!...

DIONISIO. ¡Nos iremos a La Habana!

PAULA. En La Habana hay demasiados plátanos...

DIONISIO. ¡Nos iremos al desierto!

PAULA.   Allí se van todos los que se disgustan, y ya los desiertos están llenos de gente y de piscinas.

DIONISIO.   *(Triste.)* Entonces es que tú no quieres venir conmigo.

PAULA.   No. Realmente yo no quisiera irme contigo, Dionisio...

DIONISIO.   ¿Por qué?

(Pausa. Ella no quiere hablar. Se levanta y va hacia el balcón.)

PAULA.   Voy a descorrer las cortinas del balcón. *(Lo hace.)* Ya debe de estar amaneciendo... Y aún llueve... ¡Dionisio, ya han apagado las lucecitas del puerto! ¿Quién será el que las apaga?

DIONISIO.   El farolero.

PAULA.   Sí, debe de ser el farolero.

DIONISIO.   Paula..., ¿no me quieres?

PAULA.   *(Aún desde el balcón.)* Y hace frío...

DIONISIO.   *(Cogiendo una manta de la cama.)* Ven junto a mí... Nos abrigaremos los dos con esta manta... *(Ella va y se sientan los dos juntos, cubriéndose las piernas con la manta.)* ¿Quieres a Buby?

PAULA.   Buby es mi amigo. Buby es malo. Pero el pobre Buby no se casa nunca... Y los demás se casan siempre... Esto no es justo, Dionisio.

DIONISIO.   ¿Has tenido muchos novios?

PAULA.   ¡Un novio en cada provincia y un amor en cada pueblo! En todas partes hay caballeros que nos hacen el amor... ¡Lo mismo es que sea noviembre o que sea en el mes de abril! ¡Lo mismo que haya epidemias o que haya revoluciones...! ¡Un novio en cada provincia...! ¡Realmente es muy divertido...! Lo malo es, Dionisio, lo malo es que todos los caballeros estaban casados ya, y los que aún no lo estaban escondían ya en la cartera el retrato de una novia con quien se iban a casar... Dionisio, ¿por qué se casan todos los caballeros...? ¿Y por qué, si se casan, lo ocultan a las chicas como yo...? ¡Tú también tendrás

145

ya en la cartera el retrato de una novia...! ¡Yo aborrezco las novias de mis amigos...! Así no es posible ir con ellos junto al mar... Así no es posible nada... ¿Por qué se casan todos los caballeros...?

DIONISIO.   Porque ir al fútbol siempre, también aburre.

PAULA.   Dionisio, enséñame el retrato de tu novia.

DIONISIO.   No.

PAULA.   ¡Qué más da! ¡Enséñamelo! Al final lo enseñan todos...

DIONISIO.   *(Saca una cartera. La abre.* PAULA *curiosea.)* Mira...

PAULA.   *(Señalando algo.)* ¿Y esto? ¿También un rizo de pelo...?

DIONISIO.   No es de ella. Me lo dio madame Olga... Se lo cortó de la barba, como un pequeño recuerdo... *(Le enseña una fotografía.)* Este es su retrato, mira...

PAULA.   *(Lo mira despacio. Después.)* ¡Es horrorosa, Dionisio...!

DIONISIO.   Sí.

PAULA.   Tiene demasiados lunares...

DIONISIO.   Doce. *(Señalando con el dedo.)* Esto de aquí es otro...

PAULA.   Y los ojos son muy tristes... No es nada guapa, Dionisio...

DIONISIO.   Es que en este retrato está muy mal... Pero tiene otro, con un vestido de portuguesa, que si lo vieras... *(Poniéndose de perfil con un gesto forzado.)* Está así...

PAULA.   ¿De perfil?

DIONISIO.   Sí. De perfil. Así.

   (Lo repite.)

PAULA.   ¿Y está mejor?

DIONISIO.   Sí. Porque no se le ven más que seis lunares...

PAULA. Además, yo soy más joven...

DIONISIO. Sí. Ella tiene veinticinco años...

PAULA. Yo, en cambio... ¡Bueno! Yo debo de ser muy joven, pero no sé con certeza la edad mía... Nadie me lo ha dicho nunca... Es gracioso, ¿no? En la ciudad vive una amiga que se casó... Ella también bailaba con nosotros. Cuando voy a la ciudad siempre voy a su casa. Y en la pared del comedor señalo con una raya mi estatura. ¡Y cada vez señalo más alta la raya...! ¡Dionisio, aún estoy creciendo...! ¡Es encantador estar creciendo todavía...! Pero cuando ya la raya no suba más alta, esto indicará que he dejado de crecer y que soy vieja... Qué tristeza entonces, ¿verdad? ¿Qué hacen las chicas como yo cuando son viejas...? *(Mira otra vez el retrato.)* ¡Yo soy más guapa que ella...!

DIONISIO. ¡Tú eres mucho más bonita! ¡Tú eres más bonita que ninguna! Paula, yo no me quiero casar. Tendré unos niños horribles... ¡y criaré el ácido úrico...!

PAULA. ¡Ya es de día, Dionisio! ¡Tengo ganas de dormir...!

DIONISIO. Echa tu cabeza sobre mi hombro... Duerme junto a mí...

PAULA. *(Lo hace.)* Bésame, Dionisio. *(Se besan.)* ¿Tu novia nunca te besa...?

DIONISIO. No.

PAULA. ¿Por qué?

DIONISIO. No puede hasta que se case...

PAULA. Pero ¿ni una vez siquiera?

DIONISIO. No, no. Ni una vez siquiera. Dice que no puede.

PAULA. Pobre muchacha, ¿verdad? Por eso tiene los ojos tan tristes... *(Pausa.)* ¡Bésame otra vez, Dionisio...!

DIONISIO. *(La besa nuevamente.)* ¡Paula! ¡Yo no me quiero casar! ¡Es una tontería! ¡Ya nunca sería feliz! Unas horas solamente todo me lo han cambiado... Pensé salir de aquí hacia el camino de la felicidad y voy a salir hacia el camino de la ñoñería y de la hiperclorhidria...

PAULA. ¿Qué es la hiperclorhidria?

DIONISIO. No sé, pero debe de ser algo imponente... ¡Vamos a marcharnos juntos...! ¡Dime que me quieres, Paula!

PAULA. ¡Déjame dormir ahora! ¡Estamos tan bien así...!

(*Pausa. Los dos, con las cabezas juntas, tienen cerrados los ojos. Cada vez hay más luz en el balcón. De pronto, se oye el ruido de una trompeta que toca a diana y que va acercándose más cada vez. Luego se oyen unos golpes en la puerta del foro.*)

DON ROSARIO. (*Dentro.*) ¡Son las siete, don Dionisio! ¡Ya es hora de que se arregle! ¡El coche no tardará! ¡Son las siete, don Dionisio!

(*Él queda desconcertado. Hay un silencio. Y ella bosteza y dice.*)

PAULA. Son ya las siete, Dionisio. Ya te tienes que vestir.

DIONISIO. No.

PAULA. (*Levantándose y tirando la manta al suelo.*) ¡Vamos! ¿Es que eres tonto? ¡Ya es hora de que te marches...!

DIONISIO. No quiero. Estoy muy ocupado ahora...

PAULA. (*Haciendo lo que dice.*) Yo te prepararé todo... Verás... El agua... Toallas... Anda. ¡A lavarte, Dionisio...!

DIONISIO. Me voy a constipar. Tengo muchísimo frío...

(*Se echa en el diván acurrucándose.*)

PAULA. No importa... Así entrarás en reacción...

148

(Le levanta a la fuerza.) ¡Y esto te despejará! ¡Ven pronto! ¡Un chapuzón ahora mismo! *(Le mete la cabeza en el agua.)* ¡Así! No puedes llevar cara de sueño... Si no, te reñiría el cura... Y los monaguillos... Te reñirán todos...

DIONISIO. ¡Yo tengo mucho frío! ¡Yo me estoy ahogando...!

PAULA. Eso es bueno... Ahora, a secarte... Y te tienes que peinar... Mejor, te peinaré yo... Verás... Así... Vas a ir muy guapo, Dionisio... A lo mejor ahora te sale otra novia... Pero... ¡oye! ¿Y los sombreros de copa? *(Los coge.)* ¡Están estropeados todos...! No te va a servir ninguno... Pero ¡ya está! ¡No te apures! Mientras te pones el traje yo te buscaré uno mío. Está nuevo. ¡Es el que saco cuando bailo el charlestón...!

> *(Sale por la puerta de la izquierda.* DIONISIO *se esconde tras el biombo y se pone los pantalones del «chaquet». En seguida entra por el foro* DON ROSARIO, *vestido absurdamente de etiqueta, con el cornetín en una mano y en la otra una gran bandera blanca. Y, mientras habla, corre por la habitación como un imbécil.)*

DON ROSARIO. ¡Don Dionisio! ¡Don Dionisio...! ¡Tengo todo preparado! ¡Dése prisa en terminar! ¡Está el pasillo adornado con flores y cadenetas! ¡Las criadas tienen puesto el traje de los domingos y le tirarán *confetti*!... ¡Los camareros le tirarán migas de pan! ¡Y el cocineró tirará en su honor gallinas enteras por el aire!

DIONISIO. *(Asomándose por encima del biombo.)* Pero ¿por qué ha dispuesto usted eso...?

DON ROSARIO. No se apure, don Dionisio. Lo mismo hubiese hecho por aquel niño mío que se ahogó en el pozo... ¡He invitado a todo el barrio y todos le esperarán en el portal! ¡Las mujeres y los niños! ¡Los jóvenes y los viejos! ¡Los policías y los ladrones! ¡Dése prisa, don Dionisio! ¡Ya está todo preparado!

> (*Y se va otra vez por el foro; y con su cornetín, desde dentro, empieza a tocar una bonita marcha.* PAULA *sale ahora con un sombrero de copa en la mano.*)

PAULA. ¡Dionisio...!

DIONISIO. *(Sale de detrás del biombo, con los pantalones del «chaquet» puestos y los faldones de la camisa fuera.)* ¡Ya estoy...!

PAULA. ¡He encontrado ya el sombrero...! ¡Ya verás qué bien te está! *(Se lo pone a* DIONISIO, *a quien le está muy mal.)* ¿Lo ves? ¡Es el que te sienta mejor...!

DIONISIO. ¡Pero esto no es serio, Paula! ¡Es un sombrero de baile...!

PAULA. ¡Así, mientras que lo tengas puesto, pensarás cosas alegres! ¡Y ahora, el cuello! ¡La corbata!

> (*Empieza a ponérselo, todo muy mal.*)

DIONISIO. ¡Paula! ¡Yo no me quiero casar! ¡Yo no voy a saber qué decirle a ese señor centenario! ¡Yo te quiero con locura...!

PAULA. *(Poniéndole el pasador del cuello.)* Pero ¿estás llorando ahora...?

DIONISIO. Es que me estás cogiendo un pellizco...

PAULA. ¡Pues ya está! *(Termina. Le pone el «chaquet».)* Y ahora el *chaquet*... ¡Y el pañuelo en el bolsillo! *(Le contempla, ya vestido del todo.)* Pero ¿y la camisa ésta? ¿Se llevan así en las bodas...?

DIONISIO. *(Ocultándose tras el biombo para meterse la camisa.)* No. Si es que...

PAULA. ¿Cómo es una boda, oye? ¿Tú lo sabes? Yo no he ido nunca a una boda... Como me acuesto tan tarde, no tengo tiempo de ir... Pero será así... ¡Sal ya! *(*DIONISIO *sale, ya con la camisa en su sitio.)* Yo soy la novia y voy vestida de blanco con un velo hasta los pies... Y cogida de tu brazo... *(Lo hace. Y se pasean por el cuarto.)* Y entraremos en la iglesia... así..., muy serios los dos... Y al final de la iglesia habrá un cura muy simpático, con sus guantes blancos puestos...

DIONISIO.   Paula... Los curas no se ponen guantes blancos...

PAULA.   ¡Cállate! ¡Habrá un cura muy simpático! Y entonces le saludaremos... «Buenos días. ¿Está usted bien? Y su familia, ¿está buena? ¿Qué tal sigue el sacristán? Y los monaguillos, ¿están todos buenos...?» Y les daremos un beso a todos los monaguillos...

DIONISIO.   ¡Paula! ¡A los monaguillos no se les da besos...!

PAULA.   *(Enfadada.)* ¡Pues yo besaré a todos los monaguillos, porque para eso soy la novia y puedo hacer lo que quiera...!

DIONISIO.   Es que... tú no serás la novia.

PAULA.   ¡Es verdad! ¡Qué pena que no sea yo la novia, Dionisio...!

DIONISIO.   ¡Paula! ¡Yo no me quiero casar! ¡Vámonos juntos a Chicago...!

DON ROSARIO.   *(Dentro.)* ¡Don Dionisio! ¡Don Dionisio...!

DIONISIO.   ¡Escóndete...! ¡Es don Rosario! ¡No debe verte en mi cuarto![28]

(PAULA se esconde tras el biombo.)

DON ROSARIO.   *(Entrando.)* ¡Ya está el coche esperándole! ¡Salga pronto, don Dionisio! ¡Es una ca-

---

[28] Esta es la situación clave que desenmascara la educación de Dionisio: el miedo a la reputación. Dionisio, educado en la vergüenza no es capaz de revelar su verdadera inquietud y va de sobresalto en sobresalto: oculta su identidad a Paula, oculta a don Sacramento el cuerpo de Paula, y hasta oculta su ilusión a don Rosario, al final de la obra; como le ha ocultado antes la fiesta que celebra con los del music-hall, por más que don Rosario no se entere de nada.

rroza blanca con dos lacayos morenos! ¡Y dos caballitos blancos con manchas café con leche! ¡Vaya caballitos blancos! ¡Ya las criadas están tirando *confetti!* ¡Y los camareros ya tiran migas de pan! ¡Salga pronto, don Dionisio...!

DIONISIO. *(Mirando hacia el biombo, sin querer marcharse.)* Sí..., ahora voy.

DON ROSARIO. ¡No! ¡No! Delante de mí... Yo iré detrás ondeando la bandera con una mano y tocando el cornetín...

DIONISIO. Es que yo... quiero despedirme, hombre...

DON ROSARIO. ¿Del cuarto? ¡No se preocupe! ¡En los hoteles los cuartos son siempre iguales! ¡No dejan recuerdos nunca! ¡Vamos, vamos, don Dionisio...!

DIONISIO. *(Sin dejar de mirar al biombo.)* Es que... (PAULA *saca una mano por encima del biombo, como despidiéndose de él.)* ¡Adiós...!

DON ROSARIO. *(Cogiéndole por las solapas del «chaquet» y llevándoselo tras él.)* ¡Viva el amor y las flores, capullito de azucena!

> *Y ondea la bandera.* DIONISIO *vuelve a despedirse con la mano. Y también* PAULA. *Y* DON ROSARIO *y* DIONISIO *desaparecen por el foro.* PAULA *sale de su escondite. Se acerca a la puerta del foro y mira. Luego corre hacia el balcón y vuelve a mirar a través de los cristales. La trompeta de* DON ROSARIO *sigue sonando, más lejos cada vez, interpretando una bonita marcha militar.* PAULA *saluda con la mano, tras los cristales. Después se vuelve. Ve los tres sombreros de copa y los coge... Y, de pronto, cuando parece que se va a poner sentimental, tira los sombreros al aire y lanza el alegre grito de la pista:* ¡Hoop! *Sonríe, saluda y cae el*

TELÓN

Colección Letras Hispánicas

Colección Letras Hispánicas